KB139445

식민지 조선을 사랑한 아나키스트 시인

우에무라 타이 시선

식민지 조선을 사랑한 아나키스트 시인

우에무라 타이 시선

초판 1쇄 인쇄일 2024년 4월 10일
초판 1쇄 발행일 2024년 4월 20일

지은이 우에무라 타이
역 자 김창덕
펴낸이 양옥매
디자인 송다희 표지혜
교 정 조준경
마케팅 송용호

펴낸곳 도서출판 책과나무
출판등록 제2012-000376
주소 서울특별시 마포구 방울내로 79 이노빌딩 302호
대표전화 02.372.1537   **팩스** 02.372.1538
이메일 booknamu2007@naver.com
홈페이지 www.booknamu.com
ISBN 979-11-6752-466-9 (03830)

식민지 조선을 사랑한 아나키스트 시인

우에무라 타이 시선

김창덕 · 옮김

누가 나의 눈을 흐리게 하려는가
누가 나의 귀를 가리려 하는가
나는 모든 것을 잘 알고 있다
이 아시아의 끄트머리에서 매일 저질러지고 있는
부정을, 불의를, 위만을, 압살을 –
그리고 그 폭풍우 속에서 비참하게도
짓밟혀 가는 모든 애정의 생활 모습들을

– 「조선을 떠나던 날」에서

차 례目次

방랑길 I

쫓겨 온 고향이다
어째서 그것이 그리울까
인생이란 결국 여행이 아닌가
내가 야마토에서 태어난 것은
내가 태어난 날 비가 내렸다는 것과 같은 우연으로
그것이 내 인생과 무슨 상관이 있을까

도도히 소용돌이치는 검은 바다의 파도 소리를 어둠
속에서 들으며
나는 몇 번이나 그것을 중얼거리는 가운데
망막한 것이 나를 감싼다
밤바다는 악마처럼 펼쳐지고
배는 일직선으로 어둠 속을 달린다
뭔가 호소하는 커다란 힘의 유혹에
이기려고, 나는
쓸쓸히 휘파람을 불면서
몇 번이나 되풀이하는 것이다
인생이란 결국 여행이 아닌가 — 하고.

漂泊途上 Ⅰ

追われて来たふるさとである
何でそれが恋しかろう
人生はつまり旅ではないか
私は大和に生まれたことは
私の生まれた日に雨が降っていたのと同じ偶然で
それが私の人生と何のかかわりがあろう

滔々と返巻く玄海の波の音を闇の中に聞きながら
私は何度もそれを呟いている内に
ぼうばくとしたものが私を包んでしまう
夜の海は魔のようにひろがり
船は一すじに闇の中を走る
何かしら呼びかけて来る大きな力の誘惑に
打ち勝とうと、私は
寂しく口笛を吹きながら
幾度も繰り返すのである
人生は所詮旅ではないか ― と。

방랑길 Ⅱ

부두에서 기다리던 거지는
배가 닿자 달려와
나에게조차 뭔가를 달라고 조른다

나에게 아직 남에게 줄 뭔가가 남아 있던가
연인도, 친구도, 고향도
모두 버리고 온 나에게

아! 그렇지
『친구여, 손을 잡자.』
떠돌이인 나에게는
이 우정만이 남았구나

漂泊途上 Ⅱ

波止場に待っていた乞食は
船がつくと駆けよって
この俺にさえ物をねだってくれる

俺にまだ人に与えるものが残っているというのか
恋人も、親友も、ふるさとも
みんな捨てて来た俺に

ああそうだ
『友よ、手を握ろう。』
漂泊の俺には
この友情だけがのこっていた。

방랑

어디로 가는 걸까, 어떻게 되는 걸까,
오늘 밤도 싸구려 여관 방구석에서
오래된 이불을 뒤집어쓰고 인생이란 녀석을 생각해 본다
일찍이 저 드넓은 전당에서, 학사의 일실에서
그것을 생각할 때보다
얼마나 변해 버린 모습인가,
얼마나 안정된 이 사색인가

***

– 돈, 돈, 돈이 필요하다 –
싸구려 여관 벽에 쓰인 연필 글자를
나는 오늘 밤 잠 못 드는 방랑의 여행에서 읽는다

보지도 알지도 못하는 그 사람이 걷던 길을
지금 내가 걷고 있는 것은 아닌가,
똑같은 운명이
시간을 사이에 두고
많은 사람들의 피와 눈물을 짜내는 것인가

보지도 알지도 못하는 사람이여
이 방에서 울던 너의 마음을
오늘 밤 나는 내 가슴으로 느끼고 있다.

漂泊

どこへゆくのか、どうなるのか、
今宵も安宿に一室に
かたいふとんにくるまりながら人生という奴を考えて見る
曽てあの宏荘な殿堂で、学舎の一室で
それを考えたときよりは
何と変った人生の姿であるか、
何んとおちついたこの思索であるか

***

― 金、金、金欲し ―
安宿の壁に書かれた鉛筆の文字を
俺は今宵ねむたれぬさすらいの旅に読む

見も知らぬその人の歩いた道を
今俺が歩いているのではないか、
同じような運命が
時を隔てて
幾人の人の血と涙をしぼることか

見も知らぬ人よ
此の部屋で泣いた君の心を
今宵私は自分の中に感じている。

화성(華城) 망루에서 노래하다

무너져 가는 화성 망루는 봄날 밤의 희미한 불빛 속에
기나긴 역사의 꿈을 간직한 채 꿈처럼 떠 있다
나는 지금, 폐허의 회고와 추억의 미감을 가슴에 안고
단청 기둥을 쓰다듬고 마룻바닥을 울리며
이향(異鄉)의 친구와 방랑의 노래를 부른다.
노래는 어둠 속으로 사라져
마을의 붉은 불빛 속으로 사라져 가지만
건너편 산맥은 넘지 않을 것이다
망루 창의 높이만큼
고향의 하늘은 더욱더 아득하다.

성문의 지붕이여, 기둥이여,
이 나라의 오랜 흥망의 역사를 말하는 것이여
오늘 한 사람의 나그네가
기둥을 쓰다듬고, 마룻바닥을 울리며
방랑의 노래를 불렀다는 것을 기억하라

華城の望楼に歌う

壊れかけた華城の望楼は、春の夜のうすあかりの中に
遠い歴史の夢をはらんで幻のように浮んでいる
私は今、廃墟が持つ壊古と追憶の美感を胸に湛え
青丹あせた柱を撫し、床をふみならし、
異郷の友と漂泊の歌を歌う。
歌はやみに消え
部落の赤い灯の中に消えて行くが
向うの山脈は超えはすまい
望樓の窓の高いだけ
ふるさとの空はますますはるかである。

櫻門の屋根よ、柱よ、
此の国の長い興亡の歴史を語るものよ
今日一人の旅人が
柱を撫し、床をふみならし
漂泊の歌を歌ったことを記憶せよ

흘러가는 시간과 풍상이
네 모습을 어떻게 바꿀까
내가 방랑에 지쳐 쓰러지는 것은 언제일까
그것은 오히려 내게는 아무래도 좋은 일이다

오늘 밤 너와 노래하는 이 행복을
일각천금(一刻千金)이라 말하고 싶다.

* 주: 화성, 조선 수원성

流れ行く時間と風霜が

お前の姿をどう変えるか

私が漂泊に疲れて倒れるのは何時であろうか

それは私にとってむしろどうでも良いことなのだ

今宵お前と歌う此の幸福を

一刹千金と言いたいのだ。

＊註: 華城, 朝鮮 水原城

개구리

오전 한 시다.
바깥은 찬바람이 거칠게 불고 있다,
무서울 만치 맑은 하늘엔 별이 빛나고 있다,
하늘 틈새를 빠져 오는 바람은 바늘처럼 차갑다,
아까부터 벌써 한 시간이나, 멍하니 책상 앞에 앉아,
별에, 창문을 두드리는 바람에, 밤의 깊이에
마음 빼앗기던 내 귀에,
지금 확실히 지금
귀에 익은 그리운 소리가 들렸다.

나는 내 귀를 의심했다,
하지만 의심하고 있는 귀, 내 귀에 계속해 들리는 게 아닌가
개굴, 개굴, 개굴, 개굴, 개굴, 개굴, 개굴,
지상은 단단한 얼음에 갇혀 있는데
개구리가 울고 있는 것이다.

빛이 닿지 않는 어둠 속에서
얼음 아래 갇혀 있어 모든 자유를 빼앗기면서
그들은 머리 위 몇 척의 흑토와 단단한 얼음의 중압을 뚫고,
그 마음에 확실히 봄을 느끼고 있다.

蛙

午前一時である。

外には寒風が吹き荒んでいる、

凄い程冴えた空に星が輝いている、

空の隙間を漏れて来る風は針の様に冷たい、

さっきからもう一時間も、放心したように机の前に座って、

星に、窓を打つ風に、夜の深さに

心を奪われていた私の耳に、

今たしかに、今

聞き覚えのある、ものなつかしい声が聞こえたのだ。

私は私の耳を疑った、

けれど疑っている耳私の耳に、断続して聞こえるではないか

ぐ、ぐ、ぐ、ぐる、ぐる、ぐる、ぐる、

地上には堅氷に閉ざされているのに

蛙がないているのだ。

光のささぬ闇の中で

氷の下で閉じこめられていて、一切の自由を奪われながら

彼等は頭幾尺の黒土と堅氷の重圧を透して、

その心にはっきりと春をかんじているのだ。

나는 또렷하게 방심에서 깨어났다.

뜨거운 핏줄기가 내 가슴에 솟구친다

내일은 어둡다, 모레도 어둡다

형제들은 개구리처럼 울부짖으며 괴로워하고 있다

하지만 나는 내일의 빛을, 이 고통과

그들의 포학한 중압의 벽을 뚫고

분명히 마음으로 느끼고 있다.

私は生き生きと放心から覚めた、
熱い血潮が私の胸にたぎって来る
明日は暗い、あさっても暗い
兄弟達は蛙のようにわめき苦しんでいる
けれど私は明日に光を、此の困苦と、
彼等の暴虐な重圧の壁を透して
はっきりと心に感じるのだ。

조선을 떠나던 날

누가 나의 눈을 흐리게 하려는가
누가 나의 귀를 가리려 하는가
나는 모든 것을 잘 알고 있다
이 아시아의 끄트머리에서 매일 저질러지고 있는
부정을, 불의를, 위만을, 압살을 ―
그리고 그 폭풍우 속에서 비참하게도
짓밟혀 가는 모든 애정의 생활 모습들을
그걸 외면하듯 버리고 떠나는
도망자라 생각지 마라
지금 이 반도의 남단에 서서
부딪쳐 솟구치는 바다를 바라보면서, 지그시 참아 내고 있다
끓어오르는 나의 격정을
등 뒤로 느껴지는 천만의 피로 물든 눈동자의 압도에 ―
친구여! 눈으로 본 것을 어찌 행하지 않을 수 있을까

朝鮮を去る日

誰が俺の目を曇らそうとするのか
誰が俺の耳を覆おうとするのか
俺は何も彼も良く知っているのだ
此のアジアの突端に日毎に行われている
不正を、不義を、偽瞞を、圧殺を—
そしてその嵐の中に惨めにも
ふみにじられて行く愛情の生活の様々を
それをかかわりもなく捨て去って行く
旅人と思って呉れるな
今此の半島の南端に立って
澎湃とした海を眺めながら、俺はじっと堪えている
湧き上がって来るおのれの激情に
背後に感じる千万の血ににじんだ瞳の圧倒に—
同胞よ、目で見たことが行われずに居れるか

이방인

호숫가 초여름 밤이다
버들가지가 희미하게 흔들린다
하늘이 아주 맑게 개고
달이 나와
시커먼 호수 위에 그 달이 떠 있다.
내 위는 달마저도 먹고 싶어 한다.
어디서 뜯어 왔는지 파란 나뭇잎을
씹고는 뱉고, 씹고는 뱉으며
난 도대체 뭘 생각하고 있는 건가
밝은 하늘 아래에서 이상한 거리의 소음이
가슴을 따라 들려온다.
아침부터 일자리를 찾아 온종일 헤매다
이런 곳에서 쓰라린 추억을 씹고 있는 것은 나였던가
아! 여기는 일본의 수도 도쿄라 한다
나의 모국이라 한다
그러나 내게는
아득한, 아득한 이방에 왔다는 생각만 솟구친다.

異邦人

濠端の初夏のゆうべだ

柳の枝がかすかにゆれているな

空がとってもよく晴れて

月が出ていやがる

まっ暗な濠の上にその月が浮いているのだ。

俺の胃袋は月さえも食べたいと思っている。

何処でむしって来たか青い木の葉を

噛んでは吐き、噛んでは吐き

俺は一体何を考えているのか

明るい空の下からは不思議な街の雑音が

胸に迫って聞えて来る。

朝から職を求めていちんち街をさまよい歩いて

こんな所で苦い追憶を噛んでいるのは俺であったのか

ああ此処は日本の首府東京だと云う

俺の母国だと云う

しかし俺には

はるかな、はるかな異邦に来た思いばかり沸いて来る

のだ。

거리의 전차

초저녁

거리엔 흐릿한 불이 켜지고

어수선히 영혼의 주춧돌까지 뒤흔들 듯한,

말할 수 없는 쓸쓸함이, 탄식이……

빽빽이 붐비는 전차 안까지 쫓아온다

전차는 황혼의 거리를 질주한다

사람들은 이상하게 말이 없다

얼굴, 얼굴, 얼굴, 얼굴……

각자의 세계 속으로

각자의 생각을 품고

말없이 늘어선 인간의 얼굴

옆자리에 앉은 귀부인이여

작업복에 얼굴 묻은 노동자여

여인이여, 청년이여, 노인이여, 이국인이여

어깨와 어깨가 스치고 무릎과 무릎을 마주하며 앉아도

모두 혼자인 인간 세상이여,

서로 군중의 정적 속에 있을 때야말로,

아무 관심 없이, 생각하는 것은 오로지 자신의 일

街の電車

ゆうぐれ

街にはうるんだ灯がついて

そうそうと魂の礎石までゆるがすような、

名状しがたいわびしさが、嗟嘆が……

此のギッチリ混み合った電車の中にまで追って来る

電車は黄昏の街を疾駆しているのだ

人々は不思議にだまり込んでいる

顔、顔、顔、顔……

おもいおもいの世界の中に

おもいおもいの心をかい抱いて

もの言うこともなく押し並んだ人間の顔

隣席に並んだ貴婦人よ

作業服に顔を埋めた労働者よ

乙女よ、青年よ、老人よ、異国人よ

肩と肩と磨し、膝と膝を触れ合って座わっても

みんな一人でいる人間の世界よ、

お互いに群集の静寂の中に居る時こそ、

誰のことも考えず、思うのはみんな自分のこと、

오늘 하루의 힘든 작업에

살을 깎고, 마음 구석구석 망가져, 쓸쓸히 교외의 주

거로

덧없는 안식을 찾고 있는 나 —

이런 나를 이어 주는 같은 쇠사슬로 얽혀 있는 많은 사

람들

지구 위를 종횡으로 휘감고 있는 연쇄(連鎖)

이 연쇄가 질주하는 전차 속에도 들어와 있다

황혼의 적요 속에서 나는 이 사슬을 죽 죽 당기고 있다

아아, 이 연쇄의 바깥에 있는 자는 누군가!

당기는 나의 손을 느끼지 않는 자는 누군가!

군중에게 말없이 모멸의 눈동자를 보내는 귀부인이여

위압적인 대검으로 장식한 육군 중좌여

외국 문학을 총명한 듯 읽는 대학 교수여

무리 밖에서 초연하게 고독을 즐기고 있는 것은 너희

들인가,

今日一日の労作苦行に
肉を削ぎ、心の隅々まで荒されて、わびしく郊外の住
居に

はかない安息を求めている私—
この私をつないでいる同じ鎖につながれている無数の
人々
地球の上を縦横に巻いている連鎖
この連鎖が疾走する電車の中にも入り込んでいるのだ
黄昏の寂寥の中で私は其の鎖をぐいぐいと引いている
ああ、此の連鎖の外にいるのは誰だ！
引いている私の手を感じないのは誰だ！

群集に侮蔑の瞳を向けて押し無言っている貴婦人よ
厳めしい帯剣に飾られた陸軍中佐よ
外国文学を聡明らしく読む大学教授よ
連儒の外で超然と孤独を愛しているのは君か、

빈속인 듯 머리를 떨어트리고 있는 부랑자여

하루의 피로에 잠들어 있는 노동자여

불경기에 초조한 듯 창밖을 바라보는 소시민이여

이 커다란 연쇄를 모르고 고독에 슬퍼하는 것은 너희

들인가

이상한 황혼의 적요 속에서

사랑하는 사람에 대한 무지와 무기력에 ―

미워할 사람들을 향한 분노와 격정에 ―

나 역시 고독할 수밖에 없는 것인가

서로 원하고, 서로 사랑하며, 손을 내밀면서

아아, 저 바닥의 밑바닥 한 점에서

쉽게 웃을 수 없는 연쇄의 무산자여

적의와 반역의 정으로 미워할 수밖에 없는 연쇄 밖의

사람들이여

空腹らしく頭を垂れている浮浪者よ

一日の疲労に居眠っている労働者よ

不景気に焦燥らしく窓外を眺めている小市民よ

此の大きな連鎖を知らずに孤独を悲しんでいるの

は君達か

不思議な夕暮れの寂寥の中で

愛する人々への無智と無気力に一

憎むべき人々への憤瞞と激情に一

私もやっぱり孤独であるより外はないのか

求め合い、愛し合い、手をさしだして居ながら

ああ、あの底の底の一点で

無造作に笑えない連鎖の無産者よ

敵意と反逆の情に憎むより外ない連鎖の外の人々

よ

전차는 황혼의 쓸쓸함 속을, 고독한 사람들을 태우고
질주한다

붉은 저녁놀 차창에 비추며 달리는 전차여
쇠사슬의 한끝을 그 끝에 매달고
광폭한 트럭 같은 기세로
지구 둘레를 끝없이 달려다오
멈추지 말고 달려다오
깊은 어둠 속을 불 밝히지 말고 달려다오
그러면 난 그 어둠 속에서 외칠 것이다
– 날이 밝으면 지상의 모든 부정과 불의는
이 쇠사슬로 감겨질 것이라고.

電車は黄昏のわびしさの中を、孤独な人々を乗せて
疾駆して居る

赤い夕焼を窓ガラスに受けて走る電車よ
鎖の一端をその後尾にびつけて
狂暴なトラックのような勢いで
地球の周囲を百度も　疾駆して呉れ
とどまる所なく　疾駆して呉れ
深い暗の中を灯もつけずに　疾駆して呉れ
そしたら私はその暗の中で怒鳴ってやるのだ
―夜が明けたら地球の上のあらける不正と不義は、
此の鎖で巻かれて居るのだと。

할머니

할머니, 당신은

10년이나 세상으로 나가, 아직도 제가 밥도 먹지 못하는

것을

슬퍼하고, 울며, 분노하며 한탄하는

당신은 스스로 가난에 힘들어하며 마을의 성공한

누군가를 머리에 떠올리며,

당신이 사랑하고 자랑스러운 제가, 그렇게 되어

돌아오지 않은 것을 실망하고, 슬퍼하십니다.

할머니, 당신의 순진하고 깊은 애정을

제가 모르는 걸까요.

당신을 기쁘게 하기 위한, 또 우리들이

즐겁게 살아가기 위한 노력을 제가 게을리하는 걸까요.

할머니, 우리들은 단지 가난하다는 것 때문에

수많은 모멸과 조소와, 추위와, 굶주림 속을 걸어왔습

니다.

그런 당신의 60년, 그리고 나의 20년

우리와 같은 수백만, 수천만

할머니, 그런데도 제가, 오로지 당신과

おばあさん

あばあさん、あなたは

十年世の中に出て、まだ私が食べないことを

悲しみ、泣き、怒り歎く、

あなたは自ら貧乏に苦しみながら村の成功者の

誰彼を頭に思い描き、

あなたの愛する自慢の私がそうなって

帰らないことに失望し、寂しがる。

おばあさん、あなたの純な深い愛情が

わからない私でしょうか。

あなたをよろこばせるための、又わたしたちが

よろこんで生きるための努力を怠る私でしょうか。

おばあさん、私たちは只貧しいと云うことだけのた

めに

多くの侮蔑と嘲笑と、寒さと、餓えの中を歩いてき

ました。

そのあなたの六十年、そしてわたしの二十年

わたしたちの連る仝じ幾百万、幾千万

おばあさん、それでも私は、あなたのためにだけ、

저만을 위해

그들을 밀쳐 내고 비단옷 입고 고향에

돌아와야 할까요

우리들은, 좋은 음식과, 좋은 집

그리고 비단옷을 위해 싸워야 합니다.

그러나 그다음에 이렇게 덧붙여 주세요.

─ 형제들과 함께 ─

우리들과, 많은 사람들의, 이 괴로움은

자기만 비단으로 치장하려는 노력의 결과라는 것을

지금 저는, 할머니, 당신께 분명히 말하겠습니다.

私のためにだけ

その人たちを押しのけて綿を着て故郷に

帰らなければならないでしょうか

わたしたちは、良き食物、良き住居、

そして綿を着ることに戦わなければなりません。

しかしその后にこう付け加えて下さい。

―兄弟たちと共に―

わたしたちの此の苦しみが、多くの人の、

自分だけ綿を飾ろうとする努力の結果であることを、

今私は、おばあさん、あなたにはっきり言わねばなり

ません。

제자들에게

너희들과 헤어져 십 년
너희들은, 숙녀가 되고, 청년이 되고, 아버지가 되고,
어머니가 되어,
사회의 여러 위치에 있구나
성공이나, 몰락이나, 부귀(富貴)나,
빈천이라는 지위의 고하(高下)를 말하는 것이 아니다.
지금 너희들 앞을 지나는, 내 위로 쏟아지는,
모든 곳을 향한 너희들의 공포와 차가운 눈동자!
나는 그 눈동자를 회상하고, 부끄러워하며, 생각하고
어떤 쓸쓸함을 느끼는 것이다.
충실한 제자인, 너희들은
십 년간 내 가르침에 따라, 무신론자, 현실사회의 반
역자가 되어 돌아온 나를
내가 일찍이 그렇게 가르쳤던 것처럼 두려워하고, 경
멸한다.
나는 그 눈동자를 감수하고, 그리고 너희들의 발밑에
몸을 던져 말해야 할 것이다.

教え子に

君たちと別れて十年
君たちは、娘になり、若者になり、父になり、母
になり、
社会のそれぞれの位置に就ている
成功といい、落魄といい、富貴といい、
貧賤と云うその位置の高下に就ていっているので
はない。
今君たちの前を過ぎている、私の上に注がれてい
る、
あらゆる場所からの君たちの恐怖と冷然の瞳！
私はその瞳に就て回想し、恥じ、一考え、
一つの寂しさを感じているのだ。
忠実な教え子、君たちは
十年私の教えを守って、無心論者、現実社会の反
逆者になって帰った私を
私が曽てそう教えたように恐れ、軽蔑する。
私はその瞳を感受し、そして君たちの足下に
身を投げて云わねばならぬ。

일찍이 내가 너희들에게 가르쳤던 도의는 살인의 덫에

지나지 않았던 것이라고

지금, 너희들 생활의 사실이 너희들로 하여금, 올바른

사상을 깨우쳐,

내가 말했던 도의를 밟아 부수고 나를 탓하러 오는

날,

우리는 이번엔 사이좋은 형제로 서로 손을 잡을 수 있

을 것이다.

曽て私の君たちに教えた道義は殺人のワナに過ぎなかったのだと

今、君たちの生活の事実が君たちに、正しい思想をよびさまして、

私の語った道義を足下にふみ砕いて私を責めに来る日、

私たちは今度は仲の良い兄弟として手を握れるだろう。

빌딩 풍경

마루빌딩 이층 도검집 앞에서

나는 문득 생각하게 되었다.

쇼윈도 앞을

신사와 귀부인과 아름답게 치장한 아가씨와 젊은이가

꽃잎처럼, 그리고 은화처럼 흘러간다

나는 그것을 내 등 뒤로 느끼면서

오로지 거기에 진열된 칼날을 쳐다보고 있다.

무언가 치밀어 오르는 것을 억누르며,

발걸음을 듣고 있었다

바보 자식!

남에게도 나에게도 아닌 그렇게 외치고 나서

문득 정신을 차리고 군중과 함께 걷기 시작했다.

이 몽롱한 군중의 무지의 총화 속에,

아아! 나는 실로 번뜩이는 한 가닥 빛줄기를 원했던 것
이다.

ビルディング風景

丸ビルに二階の刃物屋の前で
俺はふと気がついたのだ。
ショウインドウの前を、
紳士や貴婦人や、美しく着飾った令嬢や若者が
花びらのように、又は銀貨のように流れて行く
俺はそれを自分の背後に感じ乍ら
一心にそこに並べられた白刃をながめていたのだ。
何かぐっとこみあげてくるものを堪えながら、
その足どりを聞いていたのだ
馬鹿野朗！
人にともなく、自分にともなくそう叫んでから
俺はふと気がついて群集と共に歩き出していた。
此の漾々とした群集の無智の総和の中に、
ああ俺は実に、きらめく一閃を欲してたのだ。

도서관 서고

서고의 희미한 어둠 속은 고요해
거리의 잡음조차 들리지 않는다,
수십만 권의 책이 선반 위에 제목을 나란히
차갑게 늘어서 있다.
여기는 인간 두뇌의 무덤인가
아니면 다음 세대에 폭발할 것을
품고 있는 화약고인가

생각하라! 이 방대한 것을 배설한
수천 년 인류의 역사를
수천만 동서의 뛰어난 두뇌를
나는 거기서 많은 시대를 본다
그 시대를 산 사람의 무수히 다양한 생활을 본다
여기에 감춰진 과학이여, 철학이여, 종교여, 미학이여
그것들을 만들어 내기 위해, 살을 깎고, 뼈를 부수며,
번민하고, 고민하며, 분사(憤死)한 수많은 인간들이여
냉철의 눈이여, 정열의 눈이여, 정사(靜思)의 눈이여,
분노의 눈이여, 환희의 눈이여,

図書館書庫

書庫のうすやみの中は森閑として
街の雑音も聞えない、
幾十万冊の書物が棚の上に背文字を揃えて
冷たく並んでいる。
此処は人間の頭脳の墓場であるか
それとも次の時代への爆発すべきものを
はらんだ火薬庫であるか

思え！此のぼう大なりものを排泄した
何千年間の人類の歴史を
何千万個の東西の秀れた頭脳を
私はそこに多くの時代を見る
その時代に生きた人々の無数多様の生活を見る
此処に秘められた科学よ、哲学よ、宗教よ、美学よ
それらを創り出す為に、肉を殺ぎ、骨を削り、
懊悩し、苦悶し、憤死した無数の人々よ
その冷徹の眼よ、情熱の眼よ、静思の眼よ、
憤怒の眼よ、歓喜の眼よ、

인간의

증오, 무지, 탐욕, 질투,

정의, 순정, 총명, 환희

그들 상반하는 것들이 교차해 만들어 내는

수천 년 인류 생활의 전경 ―

그것이 이 차가운 제목 속에 감춰져 있다

여기는 인간 두뇌의 무덤인가

아니면 다음 세대의 폭발을 품고 있는 화약고인가,

다시 생각하라!

이 방대한 수천 년 인류 두뇌의 소산이

오늘날 우리의 문화인가

만족을 모르는 착취, 끝없는 포학과 잔인,

그것이 국가라는 이름으로, 정의라는 이름으로 허용

되는 세상

이것이 수십만 권 지식 축적의 결과인가.

人間の

憎悪、無智、貪欲、嫉妬、

正義、純情、聡明、歓喜

それら相反するものの交錯して織り出す

何千年間の人類生活の展景—

それらがこの冷たい背文字の中に秘められている

此処は人間の頭脳の墓場であるか

それとも次の世に爆発をはらむ火薬庫であるか、

更に憶え！

このぼうだいなる何千年間の人類の頭脳の所産が

吾々の今日のこの文化であるというのか

このあくなき搾取、あくなき暴虐、あくなき残

忍、

それが国家の名により、正義の名によって許され

る世界

これが此の幾十万冊の智識の集積の結果せあると

いうのか。

옛날 진의 시황제는 지배와 포학을 위해
많은 책을 태우고, 학자를 묻었다 한다,
지금, 자유를 찾고, 사랑을 생각하는 우리들,
또다시 이 많은 책을 불태우는 것을 생각하지 않는가
허망한 과학이여, 철학이여, 종교여, 미학이여,
인류의 불행을 묵인하는 것이여,
너는 결국 사상의 잔해(殘骸)인가
여길 무덤으로 영원히 잠들 것인가

인류의 정의를 위해, 자유를 위해, 행복을 위해,
폭발할 책들은 이 관설 서고 밖에 있다
관헌의 분살과 파기의 손을 빠져나와

가난하고 불행한 사람들의 손에서 손으로,
가슴에서 가슴으로 건네지고 있다

이 손은 이윽고 홍련(紅蓮)의 정렬로
이들 모든 허망한 잔해를 태울 것이다.

むかし秦の始皇はその支配と暴虐の為に

万巻の書を焚き、学者を穴にしたという、

今、自由を求め、愛を思ふわれら、

又、此の万巻の書を焚くことを思わないか

空しきこれらの科学よ、哲学よ、宗教よ、美学よ、

人類の不幸を黙認するものよ

お前は遂に思想の残骸であるか

此処に墓場として永遠に眠るものか

人類の正義の為に、自由の為に、幸福の為に、

爆発をはらむ、書物は此の官設書庫の外にある、

官憲の焚殺と破棄の手を潜って

貧しい不幸な人々の、手から手に、

胸から胸に渡っている

この手はやがて紅蓮の情熱を以って

これら一切の空しい残骸を焚くであろう。

시대를 초월한 것

우리들은 오랜 항해를 계속해 왔다.
우리들이 태어났을 때, 배는 이미 항해 중에 있었다

우리들은 선조를 바다로 보내고, 그들에게 이 배를 이어받아
지금, 새로 열린 팽배한 바다에 서서 이를 넘어서려 하고 있다.

우리들은 선조들로부터 끝없이 오랜 항해의 역사를 들었다.
수만 년의 시간, 넘어온 무수한 바다 ―
정적의 바다, 광란의 바다, 청랑(晴朗)의 바다
항해의 희열과, 환희, 고난과 절망
수천 번의 광풍과, 노도 속에, 서로 돕고, 서로 격려하며
부서져 가는 배를 수리해 여기까지 배를 이끌어 왔다
선조들의 오랜 노력!
그리고 지금 배는 우리들의 손에 맡겨져

時代を超えるもの

吾々は永い航海を続けて来た。

吾々が生れた時船は已に航海の途中にあった、

吾々は父祖を海に送り、父祖から此の船を受け継
ぎ

今、新に開けた澎湃たる海に立って之を超えよう
としている。

吾々は父祖から限りなく永い航海の歴史を開い
た。

幾万年の時間、越えて来た無数に海—

静寂の海、狂乱の海晴朗の海

航海の愉悦と歓喜、苦難と絶望

幾千度かの暴風と、怒涛の中に、扶け合い、励ま
し合い、

破れかかった船を繕って此処まで船を進めて来た

父祖たちの永い努力！

そして今船じゃ 吾々の手に委ねられ、

새로운 대해 앞에 서 있다.

우리들은 가야만 한다!

먼 우리들의 선조는 가르쳐 주었다.

『처음에 이 배는, 자유와, 평등과

상애(相愛)의 아름다운 협력 아래 최고의 이상을

실현하기 위해 출발했던 것이다.

사람들은 희망에 불타, 각자의 부서를 지키고,

파도의 광폭을 정복하며 즐거운 항해를 이어 왔다.』고

그러나 지금 우리들의 배는 다르다.

그 갑판에는 높은 유희의 망루가 세워져

거기엔 음일광폭(淫逸狂暴)의 무리가 있다.

그들은 배의 침로를 잘못 잡고, 노동의 환희를 잊었으며,

부서 지키는 자를 강압하고, 양식을 빼앗고, 옷을 빼앗고,

자신의 음락을 위해 배를 대해(大海)로 저회(低廻)시키고 있다.

망루의 쟁탈은 몇 번이나 되풀이되었다.

그리고 우리들은 배 밑에서, 기름과 땀에 젖어

배를 파도의 광폭에서 지켜 왔다.

사람들은 갑판의 망루로 올라가는 것을 동경하며

新なる大海の前に立っている。

吾々は行かなければならぬ！

遠い 吾々の父祖は教えて言った。

『始め此の船は、自由と、平等と

相愛の美しい協力の下に 吾々 の最高の理想を

実現する為に出発したのだ。

人々は希望に燃え、吾々 の部署を守り、

波濤の狂暴を征服して楽しい航海を続けて来た。』と、

しかし今 吾々の船はちがう。

その甲板には高い遊楽の望楼が築かれ

そこに淫逸狂暴の輩がいる。

彼等は船の針路を誤り、労働の歓喜を忘れ、

部署を守る者を強圧し、食を奪い、衣を奪い、

自己の淫楽の為に船を大海に低廻せしめている。

望楼の争奪は幾度か繰り逐された。

そして吾々は船底に、油と汗に、まみれて

船を波の狂暴から守って来た。

人々は甲板の望楼に上がることに憧れ、

그 사람에게 박수 쳤다.

배는 갑판의 무게에 속력을 빼앗겨

키는 음일의 무리에게 빼앗겨 갈 곳을 모르고 있다.

새로운 대해를 뛰어넘을 자는 누구인가?

지금, 우리들의 이름으로 망루의 탈취를 계획하며

적기(赤旗)를 흔드는 자들인가?

아니다!

갑판을 다투는 자들은 모두 우리들의 적이다.

배의 속력을 빼앗고, 침로를 잘못 잡고, 대해를 저회

시키는 무익한 무거운 짐이다.

형제여! 우리들의 자리를 지켜라. 키를 되찾아라.

갑판 게으름뱅이들의 식량을 끊어라.

배를 45도 기울여라

갑판 위 난봉꾼들을 바다에 쓸어 버려라.

이 팽배한 바다를 이겨 낼 힘은

기름에 절어 부서를 지키는 우리들 자신의 손에 있다.

その人たちをカッサイして来た。

船は甲板の重みに速力を奪われ、

船は淫逸の輩に奪われて行く手を失っている、

新しい大海を乗り切る者は誰か？

今、吾々の名によって、望楼の奪取を計画して

赤旗を振っている者達か？

ちがう！

甲板を争っている奴はみんな 吾々の敵だ。

船の速力を殺ぎ、針路を誤り、大海に低回させる余
計な重荷だ。

兄弟！ 吾々の部署を守れ。舵をとりもどせ。

甲板の逸楽者共に食糧を絶て。

船を一度四十五度に傾けろ

甲板上の労費者共を海に葬れ。

此の澎湃たる海を乗り切る力は、

油にまみれて部署を守る吾々自身の手にあるのだ。

9월 1일을 생각한다

세상의 종말을 떠오르게 하는 화재!

번개! 천둥!

대도쿄가 불과 몇 분 사이에 사나운 불에 휩싸인 9월 1일.

60년 동안 이룩한 인간 문화의 화려함이

한순간에 무너져 가는 자연의 폭위(暴威)

아아! 저 불탄 하늘에 공포로 가득 찬 장엄미!

저런 아름다움이 이제껏 인간 세상에 얼마나 있었던가.

아비, 규환의 초열지옥(焦熱地獄)

그 속에서 필사적으로 목숨을 구해, 서로 안고, 서로 돕는 인간의 적나라한 모습,

저런 아름다운 순간이 이제껏 인간 세상에 얼마나 있었던가.

멸망과, 공포의 순간의 말로 표현할 수 없는 커다란 감격과 미!

그것은 인생 최고의 아름다움이다!

그것을 생각할 때, 그것이 자연의 의지라는 것을 생각할 때

九月一日を憶う

世の終りを思わせるような火災!

雷光! 雷鳴!

大東京が僅か数分のうちに猛火に包まれた九月一日。

六十年間に築き上げた人間文化の華が

一瞬のうちに崩壊されて行く自然の暴威

あゝ、あの空焼けの恐怖に充ちた荘厳の美!

あんな美が曽て人間の世界に幾度あったであろう。

阿鼻、叫喚の焦熱地獄、

その中で懸命に生を求め、相抱き、相援けている人間の赤裸な姿、

あんな美しい瞬間が曽つて人間の世界に幾度あったであろう。

滅亡と、恐怖の瞬間の言いようもない大きな感激と美!

それは人生最高の美だ!

あれを思う時、それが自然の意志であるのを思う時

나는 대도쿄의 멸망을 슬프게 생각하지 않는다

내가 슬프게 생각하는 것은 그로부터 며칠 뒤다.
감격과 긴장이 무뎌진 순간에 무서운 혼란이 찾아왔다.
조선인과, 사회주의자를 죽여라!
참모본부의 큰 도장을 찍은 전단이 무수히 나붙었다.
계엄령하의 도쿄, 자경단이 횡행하는 도쿄.
백색 테러의 거리, 암살! 학살!

도쿄는 하나의 두뇌 속에 수용되었다!
무지한 민중은, 무지한 두뇌의 지령에 마비되어 버렸다.
동포의 목을 조르고, 피를 빠는 것을 정의라 생각하는
수라의 거리로 바뀐 것이다.

9월 1일
나는 차분히 지나간 그날을 생각한다.
가장 믿었던 민중의 손에 죽어 간 수백 명
동지의 처참한 모습을 생각한다.

私は大東京の滅亡を悲しく思わない

私の悲しく思うのはそれから数日の後だ。

感激と緊張のゆるんだ時に恐ろしい混乱が来た。

朝鮮人と、社会主義者を殺せ！

参謀本部の大きな判を押したビラが無数に貼り出された。

戒厳令下の東京。自警団の横行する東京。

白色テロの街々。暗殺！虐殺！

東京は一つの頭脳の中に収容されたのだ！

無智な民衆は、無智な指令に痺れてしまったのだ。

同胞の首を絞め、血を啜ることを正義と考える修羅のちまたと

化したのだ。

九月一日

私は心静に過ぎしその日を思う。

最も信じていた民衆の手にかかって死んで行った幾百人の

同志の凄惨な姿を思う。

권력의 손에 한을 품고 살해당한 동지의 억울한 형상
을 생각한다.
나는 자연의 폭위(暴威)가 무섭다고는 생각하지 않는다
그 폭위 앞에 무너지는 인간 모습을 슬프다고는 생각
하지 않는다.
아아, 너무나도 두려운 것은 민중의 무지다!
광포한 소수자의 무지에 조종되는 민중의 무지다!

이번 가을엔 제도(帝都) 비상시 대연습이 있다 한다.
사람들이여, 눈을 떠라,
비상시란 어떤 때인가?
그때 우리들은 무엇을 해야 하나?

9월 1일, 민중의 무지와, 권력의 손에 쓰러진 동지여.
우리들의 팔과 눈은 무얼 해야 할지를 알고 있다.

権力の手に恨みを呑んで殺された同志の無念の形相を思う。

私は自然の暴威を恐ろしいとは思わない

其の暴威の前に滅ぼされる人間の姿を悲しいとは思わない。

あゝ、恐れても足りないのは民衆の無智だ！

狂暴な少数者の無智に操られる民衆の無智だ！

此の秋は帝都非常時の大練習があるという。

人々よ。眼を開け、

非常時とはどんな時か？

その時吾等何を為すべきか？

九月一日、民衆の無智と、権力の手に倒れた同志よ。

吾々の腕と眼は何を為す可きかを知っている。

애국심

각료와 금장식을 한 장관들이 머리를 맞대고
대만몽(對滿蒙) 문제에 대해 분개하며 논의한다.
살찐 실업가, 어용학자, 유지들이
국가의 권익에 대해 비분한다.
재향군인과 청년단이 그들에게 충성스런 얼굴로
대회 결의를 만든다.
그리고 중국 녀석들도 같은 짓을 하고 있다.
전쟁이다! 강한 놈이 이기고, 약한 놈은 진다.
이기게 하면 재미없으므로, 세계의 녀석들이 쓸데없
이 간섭한다.
그러자 그 녀석들은 다시 가슴을 펴고 말한다, 결코
철병하지 않겠다!
붉은 석양의 만주 벌판에, 피비린내 날리고,
오늘도 양국 민중의 혈육은 포탄 아래 흩날린다.
찢겨진 혈육의 귀래를 기다리는 가족들은
고향에서 추위와 굶주림에 떨고 있다.
지난날 흘린 십만의 피의 희생으로 얻은
만몽(滿蒙)의 권익이 국민들에게 무엇을 보증했는가.

愛国心

大臣と金モールの将官達が額を鳩めて

対満蒙問題に就て慷慨に論議する。

脂肪ぶくれの実業家、御用学者、有志どもが

我が国の権益に就て悲憤する。

在郷軍人と青年団がそいつらへ忠義顔を向けて

大会の決議をつくる。

そして支那のそいつらも同じことをやっている。

戦争だ！強い奴は勝って、弱い奴は負ける。

勝たしては詰らないので、世界のそいつらがちょ

っかいを入れる。

そこでそいつらは又胸を張って云う断じて撤兵は

せん！

赤い夕陽の満州の野に、血醒い風が吹き、

今日も両国の民衆の血肉は砲弾の下に飛散する。

飛散した血肉の帰来を待つ家族たちは

郷国で寒さと餓えにふるえている。

過ぎた日に流した十万の血潮の犠牲に依って得た

満蒙の権益が国民に何を保証したか。

그것은 그 녀석들의 배를 황금으로 채우고

금장식을 늘리고, 그리고 말라 버린 수많은 해골 앞

에서,

그 녀석들은 거짓 눈물을 흘리며

아아! 애국용사여! 한다. 용사의 무덤은 이끼로 묻히고

민중은 여전히 추위와 배고픔에 여기 있다.

하지만 그 녀석들은 히죽대며 말한다.

결코 철병하지 않겠다! 애국자여 일어서라!

애국은 총탄에서 훨씬 멀리 떨어진 그 녀석들의 전매

가 아니다.

나라를 사랑하지 않는 자가 어디 있는가.

우리들은 그런 사랑이 아니다.

그 녀석들이 비국민이라고 선전하는 사랑을 할 뿐이다.

それはそいつらの服を黄金でふくらし、

金モールを殖やし、そして枯れた万骨の前で、

そいつらは空涙を流し、

あゝ愛国の勇士よ！という。勇士の墓は苔に埋れ

民衆は依然として飢寒を負って此処に立ってい

る。

けれどもそいつらは莞爾としていうのだ。

断じて撤兵はせん！愛国者よ立て！

愛国は弾丸からはるかに遠いそいつらの専売じゃ

ないのだ。

国を愛しない奴が何処にあるか。

俺たちはそう云う愛し方はない。

そいつらが非国民だと宣伝するような愛し方をす

るのだ。

향촌 풍경

낡은 양복을 입고, 가방 하나 둘러메고
고향의 시골길을 비틀거리며 걷고 있는 것은 나다.
그것을 경멸의 눈으로 보고 있는 것은 너희들 마을의
유력자들
그것을 차갑게 경계하며 보고 있는 것은,
힘든 노동의 고통을 참아 내고 있는 농부들
그러나 나는 너희들 두 시선의 모욕에도
싸늘함에도 아랑곳없이 걷는다
비단옷 입고 고향에 돌아오는 것이 많은 사람을 희생
시키지 않고 이루어질 수 있는가
힘든 노동의 고통을 참는 것이, 많은 사람의 고통을
유지하는 것 말고 무엇이란 말인가.
나는 내가 아무것도 갖고 있지 않다는 것을 부끄러워
하지 않는다.
고통을 참는 것이 인간의 미덕이라고 가르친 철학자를
나는 경멸한다
우리들은 웃기 위해 싸우려 하지만
괴로워하기 위해 인내하는 것이 어찌 필요한가

郷村風景

古びた洋服を着て、一つのカバンをさげて、

ふるさとの村道を踉浪と歩いているのは俺だ。

それを軽蔑の眼を以って見ているのはお前等村の

有力者たち

それを冷然と警戒して見ているのは、

労作の苦痛に堪えている百姓たち

しかし俺はお前たち二つの視線の侮辱からも、

冷たさからもかかわりなく歩む

錦を着て故郷に帰ることが万人を犠牲にせずに為

し得るか、

労作の苦痛に堪えることが、萬人の苦痛を維持す

る外の何であるか。

俺は自分の何一つ持たないことを恥じない。

苦痛に堪えることが人間の美徳だと教えた哲人を

俺は軽蔑する

吾々は笑う為に戦うことを欲しても、

苦しむ為に忍従することが何故に必要か

나는 너희들이 바라는 모든 것을 버렸다

나는 너희들이 경멸하고, 비웃으며, 측은해하는 모든

것을 지고

고향의 시골길을 가슴 펴고 당당히 걷고 있다

그게 뭐란 말인가

내 육체는 상처입고 비틀거릴지라도

내 마음은 고향 사람들에게 받아들여지지 않는

이방인의 당당함으로 조용히 여기 있는 것이다.

俺は君たちの欲する総てを捨てた

俺は君たちの軽蔑すべき、笑わるべき

悲まる可きあらゆるものを負って

ふるさとの村道を昂然と歩いている

それが何だというのだ

俺の肉体は傷つき蹌浪としていても

俺の心は、ふるさと人から容れられぬ

異邦人の昂然さを以って静に此処にあるのだ。

옥상 전망

눈 아래 아득히 펼쳐진 지붕, 지붕의 물결
여기는 우리들의 모국, 일본의 수도 도쿄라 한다.
그러나 지금 이 백화점 옥상에 서서
말 없고 이를 바라보는 두 사람의 가슴에 끊임없이 밀
려오는 것
아득한 이국에 온 외로움, 탄식!
친구여! 여기는 우리들의 모국, 일본의 수도 도쿄라
하지 않는가

일찍이 둘은 저 적토(赭土)의 언덕에서 경성 거리를 바
라보며
같은 생각과 결의에 손을 맞잡은 지 몇 년이 되는가
그리고 자네는 지금, 고향에서 쫓겨나 여기 있다
자네는 지금, 저 지붕들 저쪽, 바다 저쪽의
백의(白衣)의 동포를 마음에 그리는가
나는 다시 이 지붕들 아래 더럽혀진
무수히 다양한 인간 생활을 생각한다
도대체 인간의 애정이란 무엇인가!

屋上展望

目の下にはるばるとひろがる屋根、屋根の波
此処は吾々の母国、日本の首府東京だという。
しかし今此のデパートの屋上に立って
言葉なくこれを眺める二人の胸にぞくぞくと追っ
てくるもの
はるかな異那に来た寂しさ、なげき！
友よ！此処は吾々の母国、日本の首府東京だとい
うではないか

曽て二人はあの赭土の丘から京城の街をながめ
同じ思いと決意に手を握り合ってから幾年になる
か
そして君今、ふるさとを追われて此処にいる
君は今、あの屋根々々の向う、海の彼方の
白衣の同胞を想い描いているか
僕は又此の屋根々々の下の汚濁された
無数多様の人間の生活を思っている
一体人間の愛情とは何だ！

고향은 우리를 내몰고, 쇠사슬과 교수대가 우리를 내
쫓는다
이것이 동포를 향한 우리 애정의 보답이다
모든 것을 사랑하기에 모든 것을 포기한다
쇠사슬에 둘러싸인 이 지붕 아래서 손을 잡는 대신
지붕의 파도여, 불꽃의 바다가 되어라!

사랑은 우리들을 반역으로, 방랑으로, 이방인으로 몰
아세운다
도대체 인간의 애정이란 무엇인가?

친구여 봐라, 기차는 오늘 저쪽 교외의 들판을
허무하게 연기를 내뿜으며 고향으로 달리지 않는가

郷土は吾々を追い、鉄鎖と絞首台が吾々を追う

吾々の同胞に対する愛情のこれが報いだ

総てを愛する故に総てを抛うつ

鉄鎖に囲まれた此の屋根の下で手を握ることの代

りに

屋根の波よ、焔の海となれ！

愛は吾々を反逆に、漂白に、異邦人に駆り立てる

一体人間の愛情とは何だ？

友よ、汽車は今日彼方郊外の野を

空しく煙を上げてふるさとに走るではないか

웃음

산책에서 돌아오는 길에 파출소 앞을 지나니
부랑자 열 명 정도가 묶여 있었다
왜일까 빠른 걸음으로 그 앞을 지나온 나는
막 아침 식사를 하려 했지만
그 일이 마음에 걸려
수저를 놓고 다시 한 번 그들을 보러 나갔다
그때 나는, 묶인 채 태평스럽게 웃고 있는
그들 몇 명의 얼굴을 발견하고는,
안심하고 되돌아왔다
그 얼마나 호쾌한 웃음인가!
권세도, 위력도, 쇠사슬도
인간 세계의 모든 구속과, 우열한 습관을 묻어 버리고
단지 생명이 흐르는 대로 맡겨 버린 웃음
나는 그 웃는 얼굴을 생각하는 동안에
누가 누구를 묶고 있는지 분간할 수 없게 되었다.

笑い

散歩の帰り途交番の前を通ったら
浮浪者が十人ばかり縛られていた
なぜか急ぎ足にその前を過ぎて来た私は
さて朝餉の膳について見たが
あのことが気にかかってならないので
箸を置いてもう一度彼等を見に出かけて行った、
そのとき私は、縛られながら何も屈託もなく笑っ
ている
彼等の幾つかの顔を発見して、
安心して引き返して来た、
何という豪気な笑いであろう！
権勢も、威力も、鉄鎖も
人間世界のあらゆる拘束と、愚劣な習慣を葬り去
って
只生命の流れるままに任した笑い
私はあの笑顔を考えている内に
誰が誰を縛っているのか分からなくなった。

죽기 전

이 늪 속에 빠진 지 벌써 수십 일이 되었나
몸부림치고 또 치며
생각하고 또 생각했다
그럴 때마다 몸은 점점 더 가라앉고
이제는 목만 밖에 나와 있다
무서운 추위와, 굶주림
그런 감각이 있었던 것은 훨씬 오래전이다.
단지 마음만 이상하리만치 투명하게 맑아졌다.
이런 투명한 사념이 어째 내게 남아 있는 걸까
이것은 지금 내 생명에 어떤 도움이 될까
늪가의 길을 하루에 수백 명이 지나갔다
하지만 나는 도저히 구원을 부르고 싶은 생각이 나질
않았다
누구의 손도 빌리지 않고 아무도 모르는 사이에
조용히 여기를 빠져나가고 싶있다

아아! 오늘도 많은 사람이 지나간다
그리고 그 얼마나 인간을 그리워

死の前

この沼の中に陥ち込んでからもう幾十日になるか

もがくだけもがき

考えるだけ考えた

その度に体はだんだん沈んで行って

もう首だけしか外に出ていない

恐ろしい寒さと、飢餓

そんな感覚があったのはずっと遠い以前だ。

ただ心の底だけがあてもなく透明にすんでいる。

こんな透明な思念が何でこの場合自分に残されている

のかお

これは俺の今の生命に何の役にも立たないのか

沼べりの道を日に幾百人か人が通った

けれど俺はどうしても救いを呼ぶ気にはなれなかった

誰の手も借りず誰も知らないうちに

そっと此処を抜け出したかったのだ

ああ今日も幾人の人が通る

そして何と人間をなつかしく思う日か

하는 날인가

나는 조소하는 녀석, 비웃는 녀석

경멸하는 녀석, 동정하는 녀석

나를 기만하는 녀석, 욕하는 녀석

나를 여기로 밀어낸 녀석

그 얼굴들이 견딜 수 없이 그리울 뿐이다

그들에게 한 번만이라도 사랑의 말을 건네주고 싶다고

생각하는 날이다

나는 죽을지도 모른다!

점점 정신이 희미해 가는 중에

생, 생, 생

한 줄기 밝은 그물에 매달리며 나는 필사적으로 외치
고 있다.

俺はあざけっている奴、笑っている奴

軽蔑している奴、あわれんでいる奴

俺をあざむいった奴、罵った奴

俺を此処に蹴落とした奴

それらの顔がみんななつかしくてならない

それらの人々に一度だけ愛の言葉をかけてやりた

いと思う日である

俺は死ぬのかも知れない！

だんだん気が遠くなって行く中で

生、生、生

一すじの明るい網にしがみつき乍ら俺はけんめい

に叫んでいる。

상처받아 핀다

그것은 들국화라는 꽃.

우리들 어린 시절, 고향의 들판에서 수없이 보던 꽃.

그것을 우리는 여기서 찾아냈다.

덤불숲 그늘의, 바위와 바위가 갈라진 곳, 무비료 지

대에서.

가는 가지를 뻗고, 잎은 모두 벌레 먹고, 상처 입어,

피어 있는 꽃.

친구는 심하게 콜록거리고, 나는 걷다 지쳐,

병든 몸 서로 기대어 이 꽃을 말없이 보고 있다.

      식물은 꽃피우는 것을 스스로 거부할 수 없다.

      비록 그것

      이 죽음을 의미할지라도!

그 젊은 미학자의 말처럼

가련하게, 늠름하게, 피어 있는 들국화여!

나는 콜록거리는 병든 친구를 조용히 안아 준다

傷ついて咲く

それは野菊という花。

僕たち子供の時、ふるさとの野原で無数に見た
花。

それを僕たちはこんな処で見つけた。

藪かげの、岩と岩との裂け目の、無肥料地帯か
ら。

細い枝を張り、葉は尽く蝕ばまれ、傷つき、

咲いている花。

友は激しく咳き入り、僕は歩き疲れ、

病躯を相寄せて此の花をだまって見ている。

　　　植物は花咲くことから自分を拒むことはで
　　　きない。たとえそれ
　　　　は死を意味するものであっても！

彼の若き美学者のことばの如く

可憐に、凛然と、咲いている野菊よ！

僕は咳き入る病友を静に抱く。

아버지와 아들

수염도 머리도 새하얀 노인은
가는 눈을 반짝이며, 자리를 잡고
「유물론자답게 죽었군!」 하며,
남 일처럼 말한다,
「그랬습니다」라고 나도 조용히 대답한다.

그는 피카의 아버지
나는 피카의 친구
두 사람 사이에 내려앉은 긴 침묵 속에서

집을 버리고, 친척을 버리고, 반역과, 투쟁과, 방랑의
일생을, 발버둥치고, 몸부림치며, 피를 토하고, 마지
막에는 육친과 친구도 모르는 타인의 방에서, 사랑과
따스함을 모른 채, 큰 대자로 식어 있었다는 피카의
모습이, 또 다른 생각으로 떠오르고, ―

이윽고 노인은,
「자살이라도 했으면 좋았을 텐데」라며,

父と子

髭も髪も真白な老人は
細い目をきらつかせ、体の構えを作り、
「唯物論者らしい死方をしたそうで」と、
人ごとのようにいう、
「そうでした」と私も平静に答える。

彼は光の父
私は光の友
二人の間に落ちた長い沈黙の中で

家を捨て、肉身を捨て、反逆と、闘争と、漂泊の
一生を、もがき、のたうち、血を吐き、最後は肉
親や友の知らない他人の部屋で、愛と温かさを知
らず、大の字にのびて冷たくなっていたという光
の姿が、ちがった思いで浮び上り、一

やがて老人は、
「自殺でもすればよかったのに」と、

불효한, 불행한 아들에게 사랑을 나타낸다.

「그는 멋지게 살았습니다, 그리고 죽었습니다, 이제
이 세상에는 없습니다.」

그런 말도 안 되는 나의 대답.

이 노인!

죽어 버린 아들에게 아직 지지 않으려는 노인의 흰 수
염 밑에서, 점차 웅변으로 쏟아 내는 세상에 대한 낡
은 도덕과 양심에 의한 분개,

그런 생의 힘과 반역의 기질은,

젊은 자식 세대 위에, 새롭고, 고귀하고, 격렬하게,

불타며, 사라졌다.

그리고 여전히 살아남은 이 정정한 동안(童顔)에 부는
아침 바람의,

어떤 공허함과, 외로움이여.

不孝な、不幸な息子への愛を表現する。
「彼はよく生きました、そして死にました、もう
此の世界にはいません。」
そんなちぐはぐな私の答。

この老人！
死んでしまった息子にまだ負けまいとする老人の
白い髭の下から、
次第に雄弁に流れ出す古い道徳と良心による世相
に対する梗概、
その生の力と反逆の気質は、
若い息子の世代の上に、新しく、高貴に、激烈
に、燃えて、消えた。

そして尚生き残っているこのかくしゃくたる童顔
に吹く朝風の、何
たる空ろさと、わびしさぞ。

창

드높은 창에 부드러운 석양이 비치고 파란 하늘이 보이
며 파란 하늘 속으로 오동나무꽃이 보인다
그리고 거기로부터 생활의 소음이 울려 온다
그 창 하나가 열기로 후텁지근한 한 평 반 다다미에 열
일곱 명의 동물적인 악취를 씻어 주는 신선한 공기 입구
그 창 하나가 천체의 운행과 계절의 추이를 가져오는 곳
우리들이 눈뜰 때 무위의 시간으로 괴로워할 때
눈을 귀를 언제나 창으로 향한다
오동나무꽃이 피어 있다면 이제 초여름일 것이다
봄에서 여름으로 팔십여 일
자유를 빼앗기면 인간은 과거만 생각하려 한다
고향의 산하를 지금은 돌아가신 부모를 예전의 사랑을
친구를 방랑하는 생활을
그러나 그런 것만 생각한다는 것은 미래의 희망을 잃고
있기 때문이라고는 생각하지 않는가

제군들! 그런 이야기 ―
강도 사기 날치기 싸움

窓

高い窓にやわらかな夕陽が射して　青空が見えて青空
の中に桐の花が見える

そして其処から生活の騒音が響いて来る

あの窓一つが　むんむんイキレる三畳に十七人の動物
的な臭いを洗う清新な空気の入口

あの窓一つが天体の運行を季節の推移を運んで来る所

吾々は目覚めるとき　無為の時間に苦しむ時

目を　耳を　何時も窓にむける

桐の花が咲いているならもう初夏だろう

春から　夏へ　八十幾日

自由を奪われると人間は過去のことばかり思いたがる

ふるさとの山河を　今は亡き父母を　曽ての恋を　友を
漂泊の　生活を

しかしそんなことばかり考えるのは未来への希望を失
くしているか　らだとは思わないか

諸君！そんな話一

強盗の　詐欺の　かっぱらいの　喧嘩の

도박 방화 살인……

그런 것을 과거의 추억 따위와 연결 짓지 마라

그런 생각으로 시시한 반성 따위 하지 마라

자! 다시 들리지 않는가 비행기의 폭음이

저 녀석들은 저렇게 매일 살인 연습을 계속하고

모두의 생활을 짓누르며

끝없이 끝없이 죄인을 만들어 내고 있다

이제 곧 천하의 민중은 모두가 죄인이 될 것이다!

천하의 민중을 모두 여기에 수용할 수 있는가

그때 저 녀석들 정의의 소수는 어찌할 것인가

– 얏! 조용히 해! 도둑놈아!

저 녀석이 또다시 칼을 짤랑거리며 고함치고 있다 우

후 후후후

창은 높고 철문은 단단하고

그리고 우리들은 무지하고 몽매하며 게으르며 불량배

로 무능해

그렇다면 시시한 이치 따위 생각 말자

늘어 가는 죄인들 육체의 팽창력으로도

이 감옥은 무너지지 않을까

賭博の　放火の　殺人の……

それを過去の思い出なんかと結びつけるのはよせ

そんな結びつけで下らない反省などするな

ほら　又聞こえるじゃないか　飛行機の爆音が

あいつらはああして毎日殺人の練習を続け

みんなの生活を圧し縮め

いくらでも　いくらでも罪人を作っているんだ

今に天下の民衆はみんな罪人になるだろう！

天下の民衆を此処へ収容し切れるか

その時あいつら正義の少数はどうするだろうな

ーこらッ！　静にしろ！　どろぼう！

あいつが又サーベルをガチャつかせてどなってい

る　ウフフフフ

窓は高いし　鉄の扉は堅いし

そしておれらは　無智で　蒙昧で　ぐうたらで　なら

ず者で　能無しで

それなら下らない理屈など考えるのはよそう

殖えて来る罪人の肉体の膨張力でも

この檻は破れないだろうか

창에 석양이 그늘졌다

오동나무 꽃이 조용히 흔들리고 있다

그리고 오늘도 저문다

날이 새면 또다시 죄인이 늘어난다

그 얼마나 압력적인 내일의 희망인가

窓に夕陽がかげって来た

桐の花が静にゆれている

そして今日も暮れる

夜が明けると又罪人がふえる

なんと言う圧力的な明日への希望だろう

철창단장

1

나는 앉아 있다.

조용히 앉아 있다.

단념이 아니고, 수련이 아니며, 은인(隱忍)이 아니고, 자

복(雌伏)이 아닌,

무너진 현실의 모습으로.

2

과거는 현재의 본보기가 되질 않는다,

미래를 지금 생각한들 무슨 소용인가,

합리적인 반성과 달콤한 희망의 유혹을 떨쳐 버리고

지금 자신을 충실하게 한다.

3

비병이라는 것은 그 얼마나 달콤하고, 이기적인 것인가,

그럴싸한 얼굴을 하고, 완전과 합리를 외치는 녀석들의

겁먹은 행동 없는 얼굴이여,

완전이라는 것은 언제나 천국에만 있는 것이다.

鐵窓斷章

1
私は坐っている。
静に坐っている。
諦観でなく、修練でなく、隠忍でなく、雌伏でなく、
敗れた現実の姿で。

2
過去は現在の手本にはならぬ、
未来を今考えて何になる、
合理的な反省と、甘い希望の誘惑を捨てて
そこで今自分を充実させている。

3
批評というものは何と甘ったるい、利己的なものだ、
まことしやかな顔をして、完全と、合理を叫ぶ奴らの
臆病な動きのない顔よ、
完全というものはいつも天国にしかないのだ。

4

내가 가장 실수를 하지 않았던 것은

내가 가장 행동하지 않았기 때문이다

친구여, 무분별한 너의 과오가, 나의 도덕적인 얼굴을

벗겨 낸다.

5

세상을 떠나, 세상을 보면

인간 세상이라는 것은 어이없는 것으로 움직이는 것이

다.

인간이라는 것은 어이없는 것에 빠져 있는 것이다.

6

여기서는 사회의 모든 허위, 허세는 박탈된다

사회에서 신사 얼굴을 한 남자 위로 쏟아지는 철권의

비여,

비가 그치면 그 남자는, 비로소 허식 없는 얼굴을 쳐

든다.

4

俺が一ばん過ちをしなかったのは
俺が一ばん動かなかったからだ
友よ、無鉄砲な君の過ちが、俺の道義面をひんむ
く。

5

世の中を離れて、世の中を見ると
人間世界というものは他愛もないことで動いてい
るものだ。
人間というものは他愛のないことに夢中になって
いるものだ。

6

此処では社会の一切の虚位、虚勢は剥奪される
社会の紳士面した男の上に降る鉄拳の雨よ、
雨がやむとその男は、始めて虚飾のない顔を上げ
る。

7

필요 외엔 선도 악도 없다

여기에는 그런 인간만이 살고 있다

벌받으면서, 벌써 다음 범죄를 계획하고 있는 불령한

얼굴이여.

7

必要の外に善も悪もない

此処にはそういう人間だけがすんでいる

罰せられながら、もう次の犯罪を計画している不

逞の顔よ。

1933년 12월

삼 년 동안 폐를 앓던 친구가 빈사의 몸을 비틀거리며, 먹을 것을 찾아 거리를 걷고 있다. 친구는 오늘 집 주인에게 집을 뺏기고, 작은 보따리 안고 차가운 비를 맞으며 방랑길을 나섰다. 그런 수백만의 모습이 서로 겹쳐져 내 마음을 압도한다. 아무것도 해 줄 수 없는 무력. 작은 애정과 감상이 이럴 때 무슨 소용인가. 나는 조용히 불을 지피고, 물을 끓여, 차가운 밥을 먹으며 신문을 읽는다. 내년도 예산 21억. 그 반에 가까운 군사비, 나는 그 무서운 그들의 힘에 압도되지 않는다. 21억을 대의명분으로 떠드는 무수한 그 녀석들의 말. 나는 그 속에서 그 녀석들의 공포의 모습과 우리들의 힘을 느끼면서 밥을 잘 씹어 위에 보낸다.

一九三三年十二月

　三年肺を病んだ友が瀕死の体をよろよろとさせて、食を求めて街を歩いている。友たちは今日家主に家を奪われて、小さな風呂敷包を抱えて冷たい雨に打たれ乍ら旅に出て行った。そう言う幾百万の姿が重なり合って俺の心を圧倒する。俺は何もしてやれない無力。小さな愛情や感傷が此の場合何になる。俺は静に火をおこし、湯を沸し、冷たい飯を食い乍ら新聞を詠む。来年度の予算二十一億。その半に近い軍事費、俺はその凄じい彼等の力に圧倒されない。二十一億を大義名分で語る無数のあいつらの言葉。俺はその中にあいつらの恐怖の姿と、われわれの力を感じ乍ら飯をよく噛んで胃に送る。

통지

네가 죽었다는 소식을
내가 알게 된 것은
며칠이나 지나고 나서였다
그 며칠 사이 한 번도 나는
너의 생존을 의심한 적이 없다
하지만 너는 더 이상 이 땅에는 없었다
이 땅에는 없다!
그것이 도대체 뭐란 말인가
네가 없다는 것이 확실한 지금도
내 마음에는 확실히 살아 있다
너의 실재감에는 아무런 변화가 없다
죽음이란 도대체 뭐냐고 내가 물으면
생이란 도대체 뭐냐고
너는 예의 웃음 띠며 말하겠지

너는 이 세기와 함께 태어나
그 반을 채우지 못하고 죽었다
너무 짧았다고 내가 말하면

通知

君が死んだという便りを
私が手にしたのは
数日も過ぎてからのことだ
その数日の間一度も私は
君の生存を疑ったことはない
けれど君はもう此の地上にはいなかったのだ
この地上にはいない！
それは一体どういうことなのだろう
君のいないことがはっきりした今でも
私の心にはっきり生きている
君の実在感には何の変りもない
死とは一体なんだろうと私が問えば
生とは一体何だと
君は例の笑いを湛えていうだろう

君は此の世紀と共に生れ
その半ばに満たずして死んだ
余りに短かったと私が言えば

시간이란 도대체 뭐냐고 너는 대답하겠지

그 시간을 너는

빈곤과 유랑과 고독 속에

고민과 투쟁을 거듭하며 살았다

그리고 너는 또다시 가슴을 펴고

소위 풍족한 생활자들에게

「너희들은 별 볼 일 없는 생활을 하고 있어

그것은 부끄러운 일이지」라고 말하는 남자다

금세기는 대동란 중에 있다

나는 그 세기의 톱니바퀴에 걸려

감옥 속에서 너의 죽음을 들었다

슬퍼하는 내 마음에

웃음 띠며 다가오는 너의 조용하고 맑은 눈동자!

그 눈이야말로

이 세기의 행방을

확실히 보고 있을 것이다

時間とは一体何だと君は答えるだろう

その時間を君は

貧と、漂泊と、孤独の中に

苦悶と、闘争を繰りかえして生きた

そして君はなお胸を張って

所為満ち足りた生活者達に

「君たちはまずい生活をしているよ

それは恥しいことだよ」という男だ

今世紀は大動乱の中にある

私はその世紀の歯車にかけられて

牢舎の中で君の死を聞いたのだ

悲しむ私の心に

笑いかけて来る君の静かな透んだ瞳！

その眼こそ

此の世紀の行方を

はっきり見ているだろう

우스운 이야기

조그만 조카딸이 컸다는 얘기며
그 아이가 천진난만한 노래를 부른다는 얘기며
벌써 꽃이 피기 시작했다는 얘기며
술 취한 친구가 도랑에 빠진 얘기 등
그런 얘기만을
웃으면서 주고받았다
백 일만에 겨우 만났을 때의
이것이 두 사람의 애정 표현이었다
이 나라의, 이 사회의, 이 우리들의
무슨 얘기를 할 수 있을까
두 사람의 웃음 표현의 밑바닥에는
소용돌이치는 사회의 격류와
서로의 피와 살을 짜내는 듯한 영원한 고뇌와
깊고, 깊은, 눈물 웅덩이가 있다
거기로 빠져들고 싶어 하는 서로의 마음을
서로 구하려는 애정 표현이
이런 순진한 우스운 이야기였다
이윽고 탁! 하고 칸막이 문이 내리고
약한 발소리가 멀어져 간다
삿갓을 집어 쓰자
뜨거운 액체가 눈에서 솟아났다

笑い話

小さな姪が大きくなったことや
その子が無邪気な歌を歌うことや
もう花が咲き初めたことや
酔っぱらった友が溝に落ちたことや
そんなことばかりを
笑い乍ら話し合った
やっと百日ぶりに合ったときの
これが二人の愛情の表現であった
この国の、この社会の、この吾々の
何を話すことが出来よう
二人の笑いの表現の底には
渦巻く社会の奔流と
お互いの血肉をしぼるような永い苦悩と
深い、深い、涙の淵がある
そこに溺れたがる互いの心を
互いに救おうとする愛情の表現が
こんな無邪気な笑い話であった
やがてぱったりと仕切りの扉が下りて
弱い足音が遠ざかって行く
編笠をとってかぶると
熱い液体が眼に湧いてきた

반성

조금도 변하지 않았어
예전 그대로야.
만나는 사람마다 그런 인사를 받으면,
나는 오싹해진다.

예전 그대로일까 나는,
예전 그대로일까 나는,

이윽고 친구가 말하는 신뢰와
우정을 깨닫자 퍼뜩 정신이 든다.

예전 세상의
관념, 사상, 감정, 관습.
그런 것에 애착과 감상을 갖지 마라
뼈의 골수까지 부숴라.
변하라.
그러나 조금도 변치 않는 것은,
잃어서는 안 된다.

反省

ちっとも変わらないね
昔のままだよ。
会う人ごとにそう挨拶されると、
私はひやりとする。

昔のままかな俺は、
昔のままかな俺は、

やがて友の言っている信頼と、
友情がわかるとはっとする。

ふるき世界の、
観念、思想、感情、慣習。
そんなものに愛着と感傷を持つな
骨の髄まで破砕せよ。
変貌せよ。
しかしちっとも変わらぬものは、
失ってはならん。

사랑과 미움 속에서

○

1945년 8월 15일 정오
떨리는 목소리의 칙어가 끝나자
친구 눈에 갑자기 눈물이 솟는 것을 보았다
나는 흐린 하늘로 눈길을 돌렸지만
그 하늘에도 눈물이 떠다니는 것을 나는 보았다
이제와 새삼 그런 떨리는 목소리로
또 무슨 말을 하려는가!
수천만의 분노와, 무념과, 원한이
뜨거운 물처럼 가슴으로 치밀어 와 ―
나는 통곡하고 싶었다
나는 조소하고 싶었다
지금도 아직
그럴싸한 예절로 황송해하는 동포에게
이 몸을 내던져
그 통곡과
조소를 듣고 싶었다

愛と憎しみの中で

〇

千九百四十五年八月十五日正午
おろおろ声の勅語が終ると
友の眼に突然涙が湧き上るのを見た
私は曇った空に眼をそむけたが
その空も涙に漂うのをわたしは見た
今になってそんなおろおろ声で
まだ何を言おうとするのだ！
幾千万の憤怒と、無念と、怨恨が
熱湯のように胸につきあげてきて一
わたしは号泣したかった
わたしは洪笑したかった
今になってまだ
まことしやかな儀礼の中にかしこまっている同胞に
この身を打ちつけ
その号泣と
洪笑を聞きたかった

나는 혼자가 되고 싶었다

거리 뒤로 나가 보니

멀리 보이는 망망한 불탄 자리는

오늘은 조용히 사람들 왕래도 없이

흐린 하늘이 무겁게 늘어져 있었다

                    ○

짐과 사람으로 빽빽이 가득 찬 기차 안에서

밤새 시달리고

태어난 지 2개월 된 장남과

녹초가 된 아내를 지켜 내며

간신히 집으로 돌아왔다

오랜만에 초가을 하늘은 아름답게 개고

빛나는 태양 아래

어린 생명은 팔짝팔짝 뛰어다니고 있다

우리들은 말없이 서로 마주 보며

긴 악몽과 같았던 전쟁을 회상한다 —

아아 이 작은 생명이

수백의 도시를 잿더미로 만들고

수백만 동포의 희생 속에서

겨우 남겨진 단 하나의

わたしはひとりになりたかった

街裏に出て見ると

見はるかす茫々たる焼跡は

今日はしんとして人通りもなく

曇った空が重く垂れ下っていた

　　　　○

荷物と人にぎっしりつまった汽車の中で

一晩中押しつめられて

生れて二ヶ月長男と

疲れ切った妻を守り通して

やっと自分の家に帰ってきた

久しぶりに初秋の空は美しく晴れ

輝く陽の下に

幼いいのちはぴらぴらとはねている

われらは無言で互いを見交わし

長い悪夢のような戦いを思い返し—

ああこの小さないのちが

幾百の都市を灰塵にし

幾百万の同胞の犠牲の中から

やっと残された唯一つの

나의 수확이었나

아! 나의 아이야,
평화스런 빛 속에 뛰노는 작은 생명이여

○

20년 다시 만날 수 없는 그 친구의
– 잡았던 손에는 힘이 있었다

그때의 손의 감촉을
확실히 되새기면서
나는 친구의 손을 꽉 잡았다
그로부터 10년,
영원과 같은, 어제와 같은 감옥의
고통과 분노와 굴욕의 이상한 시간

아! 그러나 현실이라는 녀석은
얼마나 어이없는 것인가
너는 예전처럼 웃고 있다
예전처럼 말하고 있다
그리고 너는 여기 있다

わたしの収穫だったのか

あゝわが子よ、
平和の光の中におどる小さないのちよ

       ○
二十年ふたたび会えぬその友の
一 握れる掌には力ありたり

その時の掌の感触を
はっきり思い返しながら
わたしは友の手を握りしめた
あれから十年、
永遠のような、昨日のような牢獄の
痛苦と、陰忍と、屈辱の不思議な時間

あゝしかし現実という奴は
何とたわいもないものだ
君は昔のままに笑っている
昔のままに語っている
そうして君は此処にいる

우리를 잇고 있던 쇠사슬이

그 녀석들 자신의 무게로 끊기고

맥없이 우리를 풀어 준 것이

이 가슴의 굴욕을 없애지는 않지만

뭐 상관없다

그 녀석들이라면 아무래도 좋다

정의의 법칙의 엄격함과 애정을

지금은 자연스럽게 즐기자

○

그때 내지에 있었던 장교 녀석들은

트럭으로 옮길 수 있는 대로 물자를 옮겨 실었다

부자 녀석들은 모을 수 있는 대로 재산을 모았다

지주 녀석들도 실을 수 있는 대로 쌀을 실어 놓았다

그렇게 내던져진

굶주림에 괴로워하는 민중 속으로

살아남은 군인들과

해외 이주 동포들이

지칠 대로 지쳐 돌아온다

그 사이를 뒷거래 상인이 박쥐처럼 날아다닌다

われらをつないでいた鉄鎖が
あいつら自身の重みで打ち折られ
力なくわれらをはなしたことが
この胸の屈辱を晴らしはせぬが

まあいい
あいつらのことなんかどうだって良い
正義の法則のきびしさと愛情を
今は素直によろこぼう、

　　　　○

あのとき内地にいた将校どもは
トラックで運べるだけの物資を運び込んだ
金持どもは抱え込めるだけの富を抱え込んだ
地主どもは積めるだけの米を積み込んだ
そうして投げ出された
飢え苦しむ民衆の中へ
生き残った兵隊たちや
海外移住の同胞たちが
疲れ果てて帰って来る
その間を闇商人がこうもりのように飛び回る

패전국 일본

총검의 쇠사슬만이 단 하나의 유대였던 일본 사회에

지금은 무슨 연대정신이 있을까

모두 조그만 자신을 지키기 위해

약한 서로를 물어뜯고 있다

군중 붐비는 고독한 양의 무리여

굶주린 위장의 협박으로

새로운 쇠사슬의 고리를 졸라매고 있다

악귀의 검고 큰 손을 보지 않는가

　　　　　ㅇ

빽빽하게 들어찬 전차 안에

이상하게 그 자리만 비어 있다

열 살 정도의 소녀와

여섯 살 정도의 남자아이

대자로 자고 있는 것이다

쑥 같은 머리카락

흙과 때로 더럽혀진 새까만 얼굴

갈기갈기 뜯긴 미역 같은 옷

맨발로 단련된 조그마한 다리는

敗戦国日本

あの銃剣の鎖だけが唯一つの紐帯であった日本の

社会に

今は何の連帯精神があろう

みんな小さな己を守るために

弱い互いを食い合っている

群衆雑踏する孤独な羊の群よ

飢えた胃袋の脅迫で

新しい鉄鎖の環をじりじりと締めている

悪鬼の黒い大きな手を見ないか

　　　　○

ぎっしり詰った電車の中で

不思議にその席だけは空いている

十才ばかりの少女と

六才ばかりの男の児が

大の字なりに寝ているのだ

よもぎのような髪の毛

泥と垢に汚れた真黒な顔

ずたずたに切れたわかめのような着物

새까맣고 쇠 같다는 느낌이 든다
허리 부근에 남은 조그만 명찰은 반쯤은 없어지고
오사카부(大阪府) – 노스케 장녀(之助長女) – 키요코
(淸子)

소년 소녀는 불령한 입술을 꼭 다물고
희미한 숨소리를 내면서
편안히 잠들어 있다
그들의 몸에서 피어나는 코를 찌르는 악취와
몸을 기어 다니는 무수한 이가
이 천사들을
문명인들의 무자비한 쇄도로부터
널찍하게 지켜 주고 있다

       ○
이 언덕에서 저 강을 넘어
건너편 언덕까지
오직 검붉게 그을린 불타 버린 들판
작년의 이맘때 이 일대는
끝없이 보이는 지붕의 물결로
내 주거는 이 근처의

跣足で鍛えられた小さな足は

真黒で鉄のような感じがする

腰のあたりに残った小さな名札は半ば消え

大阪府 － 之助長女 － 清子

少年少女は不逞な唇をきっと締め

かすかな寝息を立てながら

悠々とねむっている

彼等の体から立ちのぼる鼻をつく悪臭と

体を這いまわる無数のシラミが

この天使たちを

文明人どもの無慈悲な殺到から

ひろびろと守っている

　　　　○

この丘からあの川を越えて

向うの丘まで

ただ赤茶けた焼野原

去年の今頃はこの一帯は

見渡すかぎりの屋根の波で

わたしの住居はこのあたりの

큰 저택의 뒷전에 있었다

그 저택 문은 언제나 닫혀
작은 쪽문에서
새침한 양장 부인이 나오기도 하고
암거래 상인이 커다란 짐을 짊어지고 들어가거나
지루한 피아노 소리가 들리기도 했지만

그 모든 것이 작년 오늘 밤
그 겁화(劫火) 속에서 하룻밤 사이에 사라져 버렸다
수천수만의 수십 년의 생업이
단번에 멸망해 갈 때의 그 처절한 아름다움이
지금도 생생히 내 눈 속에 남아 있지만

지금 내 집터에는
호박 덩굴이 자라고
아득한 언덕에 이르기까지
버섯 같은 집들이 점점이 세워져
희미한 연기를 피우고 있다
보잘것없는 필사적인 생명의 영위
여기에 또다시 사람들은
어떠한 풍경을 만들어 내려 할 것이다

大きな屋敷の陰にあった

その屋敷の門はいつも閉され

小さなくぐり戸から

ツンとした洋装の夫人が出て行ったり

闇商人が大きな荷物を背負い込んだり

退屈なピアノの音が聞こえたりしていたが

それらすべてが去年の今夜

あの劫火の中で一夜にして消え去った

幾千幾万の幾十年間の営みが

一挙にほろびて行く時のあの凄荘な美しさが

今も生々とわたしの眼の底に残っているが

今わが住居の跡には

かぼちゃの蔓が伸び

はるかの丘にかけて

きのこのような家が点々と建ち

かすかな煙をあげている

ささやかな必死な生命のいとなみ

ここはまた人々は

どんな風景を創り出そうとするのだろう

찬비

봄이 아직 이른 롯코(六甲)의 깊은 산중
주룩주룩 내리는 차가운 비에
너의 몸은 조릿대와 함께 젖어 있었다
너는 이런 곳에 있었던 것이냐
아니!
너는 이미 해체가 시작되어
조릿대 뿌리로 떡갈나무 뿌리로 잡목의 뿌리로 흡수되어
산기운에 피어오르는 찬비가 되어 떠돌고 있다
네가 입은 옷과 몇 안 되는 소지품만이
너였다는 것을 증명할 뿐이다
지금 너는 잡초며, 섬유며
광물로 되어 버렸다
너의 육친과 동지와 친구가
마음 태우고 찾아 헤맨 지 수십 일
너는 도대체 어디로 갔던 것이냐

태어나 이십 몇 년의 청춘을
사랑과 정의로 불태운 너의 생은 어디로 간 것이냐

氷雨

春はまだ早い六甲の奥山
びしゃ、びしゃ降る氷雨に
君の体は熊笹とともにぬれていた
君はこんなところにいたのか
いや！
君はすでに解体をはじめ
熊笹の根に　樫の根に　雑木の根に吸い上げられ
山気に煙むる氷雨となって漂っている
君の着衣と、わずかな持物だけが
君であったことを証しするだけだ
今君は雑草であり、繊維であり
鉱物となってしまった
君の肉身や同志や友人が
心をじらしてたずね廻った数十日
君はいったい何処へ行ったのだ

生れて二十数年の青春を
愛と正義に燃やしつづけた君の生は何処へ行ったのだ

굳세고 성실하여
밤늦게까지 부지런히 철필을 움직이며
새로운 세계를 호소하던 너는 어디로 간 것이냐
여느 때처럼 일어나

아침 식사를 마치고
일을 끝내고
잔무를 정리하고
너는 말없이 떠나 버렸다
육친도, 동지나 일본인도, 인류도
숨어들 수 없었던 진공 지대
인간의 고독!

그렇게 너는 조릿대 속에서 해체하고 있었다
타오를 대로 타올라
바람처럼 사라진 젊은 생명이여
너는 이제 없다!
남아 있는 것은 네가 있었을 때의 행위뿐이다
행위는 사라지지 않는다
내 마음에 살아 있다
사람들 마음에 살아 있다

律気に勤めに通い

夜おそくまでコツコツと鉄筆を走らせて

新しい世界に呼びかけていた君は何処へ行ったのだ

いつものように起き

朝食をしたため

ビジネスをすませ

残務を整理して

君は沈黙の行為の数十時間

肉親も、同志も日本人も、人類も

忍び込むことの出来なかった真空地帯

人間の孤独！

そうして君は今熊笹の中で解体している

燃えるだけ燃えて

風のように消えた若いいのちよ

君はもういない！

残っているのは君が在りし日の行為だけだ

行為は消えない

おれの心に生きている

人々の心に生きている

생은 불타는 행위다

동지여

너무나 격렬하고 순결하게 살고

너무나 태연하게 죽지 마라

그리고 더럽혀져 생에 집착하는 나를

죽음의 매력으로 유혹하지 마라

나는 너의 부서진 사체를 짊어지고

진창의 찬비 내리는 길을

산을 내려갈 것이다

더럽혀져 생의 갈등 쪽으로!

지금 내가 할 수 있는 것을 말하자면

일찍 핀 제비꽃을 꺾어

너의 사체 위로 뿌리는 것뿐이다

(사키모토 타다시*의 죽음에)

*　崎本 正: 1930.1.28.－1957.11.10. 전후 고베의 상업고등학교 입
학, 사회과학연구소에서 활동. 이후 아나키즘에 접근. 1951년 3월 아나
연맹에 가입. 1957년 6월 히메지에서 열린 아나관서일본협의회에서 「경
제종속화의 실태와 구조」를 제목으로 보고. 10월에는 아나연맹 도쿄대회
에 참가. 11월 10일 자택과 회사에 「나와 관련 있는 모든 사람들이여, 안
녕.」이라 쓰인 종이를 남기고 소식이 끊김. 1958년 1월 12일 고베의 롯코
산에서 유체 발견. 만 27년 10개월의 생애였다.

生は燃える行為だ

同志よ

あまりにはげしく純潔に生き

あまりにさりげなく死ぬな

そして汚れて生に執着するおれを

死の魅力で誘惑するな

おれは君の破れた遺体をかつぎ

泥濘の氷雨の道を

山を下りて行くだろう

汚れて生の葛藤の方へ！

今おれにできることといえば

早咲きの菫を折って

君の死体の上に降らすことだけだ

（崎本正の死に）

누더기 깃발

같은 길을
같은 목표를 응시하며
싸워 온, 오랜
중압과 한랭의 시간 —
때로는 높은 이상을 치켜들고
젊은 정열에 몸을 불사르고
함께 몸을 적에게 내던지며
때로는 무참한 패배 속에서
깨지고, 상처받고, 괴로워 몸부림치며……
그리고 갑자기 찾아온 푸른 하늘 아래
너는 색깔 선명한 붉은 깃발의 물결 속으로 휩쓸려 갔다

너는 말하겠지
사상의 자유를 —
너의 빛나는 눈동자의 밑바닥에 불타는
탐욕스런
진실 탐구의 열정
그것이
동지와, 우애와

らんるの旗

おなじ道を

おなじ標的を見つめて

たたかってきた、永い、

重圧と寒冷の時間—

時には高く理想を揚げ

若い情熱に身を燃やし

共に身を敵に投げつけ

時にむざんな敗北の中で

破れ、傷つき、のたうち……

そして突如おとずれた青空の下で

君は色鮮やかな赤旗の波の中にのまれて行った

君は言うだろう

思想の自由を—

君の輝く瞳の底に燃える

貪らんな

真実探求の熱情

それが

同士や、友愛や

모든 과거의 세속의 사랑을 짓밟고
군중의 행진에 몸을 내던졌다

하지만 나는 세속의 우애로 너를 따른다
무수한, 무수한
무뢰와, 악덕과
고매와, 우아함과
여러 가지 많은 과거의 추억이
내 가슴을 옥죈다

그러나 그것이 뭐란 말인가
우정이란 도대체 뭔가
너는 너의 길을 가고
나는 나의 길을 간다
집단과, 조직과, 강권과
개인의 존엄과, 자유와, 우애와
이 길은 언젠가 하나로 될 것인가
전진하는 대군중의 물결 속에서
나는 고독한 인간의 길을 응시하며
세속의 우애의 갈망으로 너를 부른다

아아, 색깔 선명한 붉은 깃발의 물결이여
우리들이 치켜든 검은 누더기 깃발이여

一切の過去の世俗の愛をふみじにって
あの群衆の行進に身を投げた

けれど私は世俗の友愛で君を追う
無数の、無数の
無頼や、悪徳や
高邁や、優美や
もろもろの過去の思い出が
わたしの胸をしめつける

しかしそれが何だろう
友情とは一体何だ
君は君の道を行き
私は私の道を行く
集団と、組織と、強権と
個人の尊厳と、自由よ、友愛と
この道はやがて一つになるだろうか
進み行く大集団の波の中で
私は孤独な人間の道を見つめ
世俗の友愛の渇望で君を呼ぶ

あゝ色鮮かな赤旗の波よ
われらが揚げる黒いらんるの旗よ

재생기

심상치 않은 웅성거림
봄날의 폭풍우 징후 같은
미지근하고 무겁게 짓누르는 웅성거림

내 가까이로 죽음이 다가오는 듯하다
이 나의 가치 없는 생명 하나를 지키기 위해
많은 손이 뻗히고
눈동자가 쏠려 있다
그 심상치 않은 웅성거림이
죽음으로 빠져들려는 나를
가끔씩 퍼뜩 깨운다
지금은 이미
생이 무겁고, 어둡고
죽음이 가볍고 밝다
내 의식은 가벼운 쪽으로 날아가려 한다
나의 의식은 생의 무게에 무너지고 있다
사상도, 행위도
사랑도 미움도

再生記

ただならぬ ざわめき

春の嵐の前ぶれのような

生あたたかく 重く のしかかるざわめき

私の近くに死が迫っているらしい

この私のヤクザないのち一つを守るために

多くの手が伸べられ

瞳が注がれている

そのただならぬざわめきが

死の方におちこもとする私を

時々はっと呼び覚ます

今はもう

生の方が重く、暗く

死の方が軽く 明るい

私の意識は軽い方へ飛揚したがっている

私の意識は生の重みに崩れかかっている

思想も、行為も

愛も 憎しみも

산다는 것은 모두 어둡고 무겁다

그 무게가 지금 나에게서 떠나려 한다

사랑하는 사람의 빛나는 눈동자도 보이지 않고

그 사람의 손도 무겁고 쇠처럼 차갑다

그렇게 죽음이 가볍게 내 앞을 날아오르고 있다

그것은 무한한 휴식의 유혹이다

눈을 감지 않았던 의식으로부터의

해방의 기쁨이다

나를 계속 괴롭히며

생에 얽매인 이 의식!

그 저쪽으로 가볍게 떨어져 가려 하자

심상치 않은 웅성거림이 나를 깨운다

그리고 나는 거기서 보았다!

찌를 듯이 나를 응시하고 있는

사랑의 눈동자!

그것은 찢겨지는 생의 고뇌를 견디며

영원한 이별에 일그러져 있다

더 이상 만날 수 없다!

영원히 만날 수 없다!

生きることはすべて暗くて　重い

その重量が今　私から去ろうとしている

愛する人の瞳の輝きも見えず

その人の手も重く　鉄のように冷たい

そうして死が軽々と私の前を飛揚している

それは無限の休息への誘惑だ

目をつむることのなかった意識からの

解放のよろこびだ

私を苦しめつづけ

生にしばりつけたこの意識！

その彼方に軽々と落ちて行こうとすると

ただならぬざわめきが私を呼び覚ます

そして私はそこに見た！

食い入るように私を見つめている

愛の瞳！

それは引き裂かれる生の苦悩を堪え

別離の永遠に歪んでいる

もう会えない！

永遠に会えない！

순간에서 영원한

생의 애석이 나를 채우며

나는 필사적으로 사랑하는 사람에게 매달린다

그리고 나는 기어오른다

무겁고 어두운 생으로

우열과 모순과 고뇌와 오탁으로

기어오른다

휴식이 없는

싸움이 계속되는

생으로!

그 사랑이 웅성거리는 집단으로

어머니의 유방을 더듬는 어린아이처럼

필사적으로 기어 올라간다

瞬間にして永遠な

生の哀惜が私を満たし

私は必死に愛する人にすがる

そして私はよじのぼる

重く　暗い生の方へ

愚劣と、矛盾と苦悩と汚濁の方へ

よじのぼる

休息のない

たたかいのつづく

生の方へ！

あの愛のざわめきの集団の方へ

母の乳房をさぐる嬰児のように

必死になってよじのぼって行く

아나키스트 시인 우에무라 타이(植村諦)

김창덕

아나키즘의 특징은 인간 중시와 지배 권력의 부정을 통한 증오와 반항, 상호부조에 의한 민중 연대 의식, 나아가 직접 행동을 통한 권위적인 권력조직의 척결이다. 이런 아나키즘 특유의 지배와 통제에 대한 부정의 정신과, 인간을 향한 자유와 평등 정신은 시에서 가장 잘 드러난다. 이와 함께 인간의 자유로운 자각과 인간 의지를 신뢰하고, 조직보다는 개인과 민중의 활동을 중요시한다는 점에서 아나키즘 시문학은 프롤레타리아 문학을 대표하는 마르크시즘과는 전혀 다른 성격을 지니고 있다.

일본에서의 아나키즘과 그 시문학은 시대별로 뚜렷한 특징을 갖고 있다. 우선 메이지 시대의 핵심은 '비전(非戰)'과 '평화주의'였으며 이는 일본의 침략정책에 대한 정면 비판으로 이어졌다. 또한 이 시대의 아나키즘은 국가 권력을 상대로 하는 지사인인(志士仁人)의 성

격이 강했다. 이는 국가 권력과의 충돌을 야기(惹起)하며 대역사건의 단서가 되었으며, 대역사건에 대한 분노와 좌절감의 표출이야말로 메이지 시대 아나키즘 시문학이었다.

이후 오스기 사카에(大杉栄)를 중심으로 하는 다이쇼 시대의 아나키즘 시문학은 개인의 자각을 통한 피정복 계급의 정복계급에 대한 '증오'와 '부정' 그리고 '반역'의 정신을 아나키즘이 추구하는 '미(美)'로 규정했다. 또한 '민중'이 역사의 전면에 등장했으며, 이들 노동자·농민들로 대표되는 민중들은 자신들의 실생활을 시의 주제로 삼고, 당시 일본 사회에 내재되어 있던 문제점을 자신들의 일상어인 구어자유체(口語自由體)의 평이한 시풍으로 표현했다.

이어지는 쇼와 시대는 마르크시즘과의 본격적인 결별 과정을 통해 비로소 아나키즘 시문학이 구체화되던 시기였다. 이 시기의 아나키스트 시인들의 지향점은 인간의 자유와 평등과 함께, 인간의 자유를 구속하는 모든 제도에 대한 '저항'이었으며, 여기에는 민중과의 강한 연대가 전제되었다. 대표적인 시인으로는 오노 도자부로(小野十三郎)와, 가나이 신사쿠(金井新作), 우에무라 타이(植村諦) 등이 있다.

1903년 나라(奈良)에서 출생한 우에무라의 본명은 우에무라 타이몽(植村諦聞)으로 필명으로 마키 이즈미(真木泉)라고도 했다. 하지만 아나키스트 시인으로서 우에무라 타이의 출발은 1929년 10월 식민지 조선의 경성에서 아나키즘 계열의 동인지『모순(矛盾)』에 단가「방랑길 노래(漂泊途上の歌)」를 발표한 이후라 할 수 있다. 이후 1931년 10월에는 아키야마 키요시(秋山清: 1904-1988), 오카모토 준(岡本潤: 1901-1978), 오노 토자부로(小野十三郎: 1903-1996) 등과 함께 해방문화연맹을 결성, 이듬해인 1932년 6월 그 기관지로『해방문화』를 발간하였으며, 그해 9월에는 제2차『탄도』를, 1933년 8월에는 해방문화연맹의 기관지인『문학통신』을 발행하면서 대표적인 아나키스트 시인의 한 사람으로 활동했다.

1935년 11월엔 비합법단체인 일본무정부공산당의 위원장으로 활동 중 아나키즘운동에 대한 대탄압이 가해져, 일본무정부공산당 및 해방문화연맹은 괴멸하고, 우에무라 타이 역시 치안유지법 위반으로 기소되어, 7년간의 옥중 생활을 체험했다. 일본의 패망 후 신일본문학회와 일본미래파에서 시작 활동을 전개 중 1959년 세상을 떠나기까지 일본을 대표하는 아나키스트 시인의 한 사람으로서 아나키즘운동의 중심적인 역할을 했던 인물이었다.

이런 우에무라 타이의 성장 배경에는 식민지 조선에서의 민중 체험이 중요한 역할을 했다. 약 일 년 동안의 식민지 조선에서의 체험은, 우에무라를 일반적인 휴머니스트에서 투철한 아나키스트 시인으로 변모하게 하였으며, 그의 시가 '투쟁'과 '저항'을 특징으로 하는 중요한 요소가 되었다.

쇼와시대 아나키즘 운동 및 시문학은 우에무라와 함께 했으며, 그와 함께 소멸했다 할 수 있다. 우에무라 타이의 시는 점증하는 국가 권력 및 마르크시즘에 대항하기 위해, 아나키즘 사상에 의한 사회 혁명의 실현을 그 특징으로 하고 있다. 하지만 아나키즘 문학의 특징이 자유로운 인간성을 억압하는 모든 제도·관습·사상의 거부라는 점에서, 우에무라 타이의 시야말로 전통적인 아나키즘 문학론과 모순되는 것이라고 할 수 있다. 이것이야말로 우에무라 타이 시의 가장 큰 특징이자 쇼와시대 아나키즘 시문학의 특징이기도 하다.

우에무라 타이의 시는 특징에 따라 네 시기로 구분 지을 수 있다. 첫 번째는 고향 야마토(大和)에서 교사와 사찰의 주지라는 비교적 안정된 지위를 버리고 쫓기듯 조선으로 건너오기 전후의 시기로, 그의 시의 주된 서정적 표현과 함께 그의 시의 특징인 '방랑의 정서'가 가장 잘 나타나 있다.

두 번째는 1929년 4월부터 이듬해인 1930년 5월 사이 『조선과 만주(朝鮮及び滿洲)』의 기자로 활동하면서 식민지 조선 민중과의 체험 기간이다. 조선에 첫발을 내디뎠을 때의 우에무라는 일제가 저지르는 탄압의 실정을 이해하지 못한 상태에서, 조선인들에 대해 부정적인 인식이 강했다. 하지만 조선에서 몇 달을 지내면서 그러한 부정적인 인식이야말로 일제가 저지르는 만행과 폭압이 근본 원인이라는 사실을 깨닫게 되었다. 이 시기는 식민지 조선 민중들과의 연대정신을 통해 일본제국주의를 향한 저항정신이 잘 표현되어 있다.

세 번째는 조선에서 독립 운동가들과의 접촉 사실이 알려져 일본으로 추방된 이후 본격적인 아나키스트 시인으로 활동하던 시기로, 국가 권력에 의해 아나키즘이 궤멸하는 1935년 까지였다. 이 시기는 새롭게 부상하는 마르크시즘에 비해 아나키즘은 전반적으로 침체하던 시기로, 우에무라는 기존의 국가 권력뿐만 아니라, 신흥 세력인 마르크시즘에 대항해 힘겨운 '투쟁'과 '저항'을 벌이던 시기였다.

네 번째로는 전후(戰後)에 지배 권력에 대한 '저항'과 '투쟁'의 정신이 다소 약해지고 동지들의 죽음에서 생과 사를 고민하며 이를 극복하고자 했던 시기였다. 젊은 시절 몸담았던 불교로의 귀의를 통해 아나키즘을 비롯한 세상의 모든 집착에서 벗어나 절대자유를 이루고자 했다. 이런 불교를 통한 절대자유의 추구야말로 세상의 모든 사상과 제도를 거부하고 심지어는 자신마저 거부하면서까지 자유를 얻고자 했던 아나키즘의 이상이라고도 할 수 있을 것이다.

우에무라가 자신의 시에서 호소하고자 했던 '저항'과 '투쟁'의 대상은 첫 번째가 민중을 억압하고 침략전쟁을 벌이는 국가 권력이었다. 두 번째는 국가 권력에 마비되어 부당한 권력에 침묵하며, 심지어는 이를 미화하며 추종하는 무지한 민중들이었다. 세 번째는 애국심이라는 미몽에 사로잡혀 저질러지는 침략전쟁이었으며, 네 번째는 아나키즘과 같이 겉으로는 노동자·농민의 해방을 선전하지만 실제로는 기존의 권력을 대신하는 또 다른 새로운 권력을 획책하는 마르크시즘이었다. 그리고 마지막으로는 인간의 자유로운 사고를 통제하는 아나키즘을 포함한 모든 이념과 제도에 대한 부정이었다.

이처럼 우에무라 타이의 아나키즘 시는 인간을 억압하는 모든 제도와 사상 그리고 권력으로부터 자유롭고 평등한 인간 세상을 만들어 내기 위한 '저항'과 '투쟁'을 상징으로 하고 있다.

우에무라 타이植村諦 연보

1903년　8월 6일　나라현 시키군 오무라奈良県 磯城郡 多村 출
　　　　　　　　생. 본명은 우에무라 타이몽植村諦聞, 필명
　　　　　　　　은 마키 이즈미真木泉.

1921년　3월　　고조五条중학교 졸업.

1923년　9월　　나라현 요시노군吉野郡 류몽심상소학교
　　　　　　　　竜門尋常小學校의 대용교사 발령. 당시의
　　　　　　　　제자 중에는 시인 이케다가쓰미池田克己
　　　　　　　　(1912.5.27.-1953.2.13.)가 있음.

　　　　　10월　불교전문학교 입학.

1924년　　　　2년 수료 후 요시노군 류몬무라吉野郡竜門村
　　　　　　　　의 안라쿠지安樂寺의 주지를 겸임.

1927년　3월　　초등학교 임시교사와 사찰의 주지를 그만
　　　　　　　　두고 고향을 떠나 방랑을 시작.

1929년　4월　　조선의 경성에 도착. 이후 『조선과 만주朝
　　　　　　　　鮮及び滿洲』의 기자로 활동.

1929년　　　　도쿄에서 미야지마 스케오宮嶋資夫가 주제
-1930년　　　 하는 『모순矛盾』과, 오노 토자브로와 아키
　　　　　　　　야마 키요시가 주제하는 『탄도彈道』 등의 아
　　　　　　　　나키즘계 문예지에 시와 노래를 발표하면
　　　　　　　　서, 본격적인 아나키즘 운동을 시작.

1930년	5월	독립운동가들과의 교류 사실이 드러나 투옥 대신 조선에서 추방.
1932년	5월	첫 번째 시집『이방인異邦人』간행
	9월	제2차『탄도彈道』동인으로 참가. 동인으로는 오노 도자부로小野十三郎, 아키야마 기요시秋山清를 편집인으로, 오카모토 준岡本潤, 하기와라 교지로萩原恭次郎, 구사노 신페草野信平 등이 있었음.
		◇오카모토 준岡本潤, 아키야마 키요시秋山清가 주관하는『해방문화연맹解放文化連盟』에 참가.
1933년	8월	해방문화연맹의 기관지『문학통신文學通信』에 참여.
	12월	후타미 토시오二見敏雄, 아이자와 히사오相沢尚夫 등과「일본무정부공산주의자연맹日本無政府共産主義者連盟」을 결성.
1934년	1월	연맹을「일본무정부공산당日本無政府共産黨」으로 개칭.
	9월	중앙위원회에서 집행위원장으로 취임.
1935년	3월	첫 번째 아내 오토무라 레이코音村麗子와『시행동詩行動』발간.

	10월	아나키즘 운동에 대탄압이 가해지면서, 무정부공산당 및 해방문화연맹이 괴멸 · 해산된다.
1936년 −38년		미결수. 치안유지법 위반으로 기소.
1939년	2월	징역 7년 구형. 3월 보석 출감.
	11월	징역 6년 판결로 도쿄의 도요다마豊多摩 형무소 수감.
1943년	2월	출옥.
1946년	5월	일본아나키스트연맹 결성에 참가. 신일본문학회에 회원으로 참가.
1947년	11월	두 번째 시집『사랑과 미움 속에서愛と憎しみの中で』발간. 『일본미래파日本未来派』, 『코스모스コスモス』의 동인으로 참가.
1956년	11월	일본아나키스트연맹에서『노동자제군에게 호소함労働者諸君に訴う』간행.
1958년	6월	각혈로 입원.
	9월	평론집『시와 아나키즘詩とアナキズム』발간.
	10월	뇌출혈로 입원.

1959년   7월 1일 사망.

4일   도쿄의 아사쿠사 쇼토초 쓰카쿠지浅草 松濤
町 通覺寺에서 고별식.